성장을 돕는 작은 학원 CEO 이야기

거인을
깨우는 사람들

성장을 돕는 작은 학원 CEO 이야기

거인을
깨우는 사람들

전국에 등록된 학원의 수는 치킨집과 비슷하다니 놀라운 사실이다. 지역마다 1등 학원들이 존재한다. 1등 학원은 어떤 특징이 있을까? 어떤 방법으로 학원을 성장시킬 수 있을까 하는 고민이 모이기 시작했다. 어느 곳에 차릴 것인가, 어떤 형태로 운영할 것인가, 프로그램은 무엇을 넣을 것이며, 직원은 몇 명 정도 채용할 것인지, 다양한 고민의 물방울들이 모여 바다를 이루기 시작했다.

특정 문제가 있으면 솔루션도 있게 마련이다. 그러나 1등 학원으로 가기 위한 경영비법을 세밀하면서도 피부에 와 닿게 가르쳐 주는 곳이 없다. 각자 성공과 실패를 통해 학원을 경영하는 방법을 스스로 터득하게 된다. 경영에 다양한 성공의 경험이 있듯 다양한 실패의 경험도 있다. 이 책에서는 다양한 성공과 실패의 경험을 6명의 원장이 극복하는 과정이 수록되어 있다. 물론 그 과정을 통해 모든 문제를 해결하기에는 요원하다. 그러나 앞으로 일어날 비슷한 문제를 해결하는 데는 지혜로움의 칼과 방패 정도는 될 수 있을 것이다.

1장에서는 다시 일어서는 힘이라는 내용인데 각자가 힘들었거나 실패했던 기억을 통해 어떤 상황이 펼쳐졌는지 그리고 어떻게 해결했는지가 담겨 있다.

2장은 학원 성공의 길은 다양한 방법이 있는데 각자가 운영하면서 중요하게 생각하는 가치가 포함되어 있다.

3장은 운영하면서 슬럼프나 매너리즘에 빠지는 상황이 공식처럼 오기 마련인데 각자의 솔루션이 제시되어 있다.

4장은 2장과 연결되어 확장된 내용인데 성공으로 가는 방법을 6인의 다양한 시각으로 세밀하게 제시하고 있다.

5장에서는 시작하는 이가 학원을 운영하기에 앞서 챙겨야 하는 여러 가지 요소에 관해 제시하고 있다.

6장에서는 학원의 지속적인 성장을 담보할 방법을 전달하고 있다. 단기간의 성공은 누구나 할 수 있지만 오랜 시간 동안 성장할 수 있는 학원은 많지 않음에서 기획하였다.

마지막 7장은 누군가를 가르쳐야 하는 직업이기에 꼭 갖추어야 하는 정신적인 가치에 관해 말하고 있다.

학원을 창업하려는 분들의 대부분이 강사로서 출발한다. 강사로서 계속 남을 것이냐? 본인의 학원을 창업해서 운영에 참여하느냐?는 오롯이 본인의 선택이다.

학원을 직업으로 가지려는 사람들은 어떤 사람이어야 할까? 아이들을 사랑하는 사람? 교육자? 교육을 토대로 서비스하는 사람? 학원 원장이 된다는 건 모든 걸 다 갖추어야 한다.

창업하는 과정은 타 업종과 다르지 않다. 자본금과 실력을 갖추고 있어야 한다. 특히 학원은 자본금뿐 아니라 아이들을 사랑하는 마음을 가지고 있어야 한다. 실력과 기술만으로는 절대 성공할 수 없는 일이 바로 학원업이다.

매일매일 많은 시간을 아이들과 보내기 때문에 아이들에 대한 애정이 없이 시작한다면 여러 가지 어려운 상황을 맞을 수 있다. 어른보다는 아이들과 같은 공간에서 대화하고 함께하는 시간이 많기 때문이다.

아이들을 대하는 마음, 사랑하는 마음이 힘이 들어도 놓을 수 없는 이유이기도 하다. 또 그런 아이들을 사랑하는 부모님을 놓을 수가 없다.

성공하는 학원은 그곳만의 특별한 점을 분명히 가지고 있다. 성공할 수밖에 없는 경영법이 있고 목표관리와 인재관리가 특별하다는 점이다. 책을 읽다 보면 이렇게 해서 성공을 할 수 있었구나 하는 지점이 있고 학원의 성공을 위한 마케팅 전략도 수록되어 있다.

학원을 처음 시작하게 되면 막막한 일이 많다. 준비할 것이 많기에 놓치는 것도 많다. 시작하는 이가 생각하지 못했던 부분이지만 필요한 것들을 자세하게 기술하고 있다.

글을 쓰면서 함께한 6인도 글을 쓰면서 과거의 추억을 소환하면서 웃기도 하고 아픔도 느꼈다. 그러면서 삶을 돌아보며 반성도 하고 현재의 모습을 반추하면서 미래의 청사진을 그려 보기도 한다. 스승은 제자를 가르치면서 배우기도 하듯이 시작하는 이에게 도움이 되고자 붓을 들었는데 오히려 스스로 도움이 되고 있으니 금상첨화라 할 수 있다.

학원을 잘하고 싶은 마음에서 시작한 단톡방에서의 인연이 오랜 시간 동안 서로에게 힘이 되고, 정보를 나누며 각자의 자리에서 한걸음 성장을 하게 되었다. 그런 노하우를 많은 이들과 공유하고 싶다.

책을 내야겠다고 생각을 한 건 여러 가지 이유가 있다. 학원이라는 공간을 창업하고 쉽지 않은 상황들을 겪는다. 또 경영과 교육이라는 두 마리 토끼를 잡기 위해 고군분투하기도 한다. 학원이라는 공간이 익숙해 지면서 누군가는 우리처럼 학원을 처음 경영하는 사람들에게 힘이 되고자 이 책을 준비하게 되었다. 학원 운영이란 지속해서 미지의 세계를 여행하는 것이다. 하나의 고비를 넘으면 또 다른 고비가 온다. 코로나를 예상하지 못했듯이 고비는 불현

듯 갑작스레 다가온다. 고비를 슬기롭게 헤쳐나가자는 것이다.

문득 이런 말이 떠오른다. 세상 살아가는 이치와 흐름을 파악하려면 삼국지를 읽고 불리한 상황에서 대권을 잡으려면 초한지를 읽고 전투에서 승리하고 싶으면 손자병법을 읽으라고 했다. 어린 시절에 여러 번 읽은 삼국지는 세상 보는 안목을 달리하게 하고, 초한지는 큰 그림을 그리는 데 능하게 하고, 손자병법은 지피지기면 백전백승이라는 명언을 새기게 한다. 학원과 성공이라는 키워드를 놓고 보면 이 책이 또 하나의 삼국지와 초한지요 손자병법과 나란히 할 수 있다. 학원계에서는 학원 병법서의 역할을 할 수 있다고 자부한다.

시작하는 이에게 험하고 거친 바다를 비추는 등불이 되기를 바라며 글을 갈무리하고자 한다.

‑ 작가 이혜령

차 l 례 l

제1장

다시 일어서는 힘
(좌절했다가 일어선 이야기 - 학원 관련)

1. 한번 해보는 거지 뭐 - 이혜령

정말 믿고 의지했던 사람으로부터 배신을 당했다. 모든 것이 무너지기 시작했다. 그리고 앞이 캄캄해진다는 말의 의미를 알게 되었다. 분명 눈을 뜨고 있는데 아무것도 보이지 않았다. 오직 공포의 감정만이 느껴질 뿐이었다. 눈물도 나오지 않았다. 그저 주저앉아 공포의 채찍을 맞는 것 외에 내가 할 수 있는 것은 아무것도 없었다. 갑자기 몸이 말을 듣지 않았다. 감기에 걸린 것도, 병이 있던 것도 아니었다. 하지만 이상하게 몸이 내 마음대로 움직여지지 않았다. 각 부위 부위를 힘겹게 힘을 줘야 겨우 한 발을 내디딜 수 있었다. 온몸의 장기가 멈춘 듯, 사람들의 말소리가 들리지 않았다. 수업을 기다리는 아이들을 위해 움직여지지 않는 몸을 이끌고 학원으로 갔다. 다른 일은 못 해도 최소한 수업은 해야 했다. 수업은 아이들과의 약속이었기 때문이다. 그래도 아이들과의 약속을 지킬 수 있음에 감사해야 했다.

학원에 도착해 교실로 들어서려고 하는데, 교실 문 앞에 서면서 문턱을 넘을 수가 없었다. 머리끝부터 발끝까지 식은땀이 나기 시작하고 눈앞이 깜깜해졌다. 마음을 다해 믿었던 사람과 함께했던 기억들 때문이었을까? 이런 상황을 믿기가 힘들어서 일까? 교실에 들어가는 것이 너무나 힘들었다. 무서웠다. 결국 병원을 찾아갔다. 난, 공황장애 판정을 받았다. 의사 선생님이 마음의 병이라며, 마음을 편히 가지면 조금씩 호전될 것이라고 했다. 그리고 약을 처방받고 집으로 돌아왔다. 학원은 내가 제일 좋아했던 공간이다, 마음이 가장 편한 곳이었다. 그곳이 이제는 가장 두려운 공간이 되었다. 학원에 가면 그 사람이 생각날 것 같아서 학원에 가는 것이 두려웠다.

당시에는 하늘이 무너졌다고 생각했다. 하지만 모든 상처가 시간이 지나면 아물 듯이, 시간이 지나면서 상처는 조금씩이 옅어졌다. 이제는 그 사람의 선택을 이해할 수 있을 만큼 시간이 지났다. 모든 행동에는 이유가 있을 것이다. 무엇이 그런 상황을 만들었는지 생각해 보기도 했다. '잘됐다.' 라는 말은 못 하겠지만, 조금은 아주 조금은 이해가 된다. 성공을 위해 한 행동이었을 테니, 성공을 열심히 응원해 주려고 한다. 나의 진심과 상황을 모르고 거짓으로 아는 사람이 있더라도 일일이 해명하지는 않으려고 한다. 세월이 흐르면 다 알게 될 거라는 생각이 든다. 상처받기보다 나를 사랑하기를 선택했다. 상처받은 내 마음을 내가 먼저 보듬어주기로 했다. 그리고 이제는 나를 믿어주고 알아주는 사람들과 함께하고 있다. 마음을 바꾸고, 태도를 바꾸자 긍정의 씨앗이 샘솟는다.

공황이 오기 직전 윤스키 선배님이 운영하는 '식스해빗' 독서 모임에 가입했다. 독서 모임이 나의 공황장애를 빠르게 치유하는 데 있어 큰 역할을 했다. ?식스해빗?은 '죽기 전에 만들어야 할 습관 6가지'를 몸에 익히게 하는 책이다. 모임의 구성원들과 함께 짝꿍을 지어 여섯 가지 습관을 실천하고 나누는 것으로 출발한다. 그리고 매주 한 가지 주제를 일주일간 실천하는 행동형 실천 독서 모임이다. 처음에는 애써 참가하지 않고, 그저 지켜보려고 했다. 이미 신청은 했고, 그 당시 난 아무것도 할 수 없는 상태였기 때문이다. 하지만 4시간에 달하는 온라인 독서 모임 동안 다른 사람들의 모습을 보면서 가만히 있을 수는 없었다. 미안해서라도 뭔가 해야만 했다. 나도 다른 사람들처럼 손을 흔들고, 일어서서 움직였다. 그렇게 몸을 조금씩 움직여 독서 모임을 따라가니 마음이 조금 나아졌다.

매주 주간 습관 하나를 만들어야 했다. 그중 건강성(에너지)에 해당하는 파트가 있다. 건강습관은 스스로 설정하는 것이다. 단순하게 10분 걷기부터 다양하게 건강을 위한 습관을 스스로 만들 수 있도록 한다. 아주 단순하지만, 습관을 정해 놓고, 움직이고 일주일에 한 번 공유하는 시간을 갖는다. 지금 상황을 이겨내고 싶었다. 지금 상황을 이겨내기 위한 실천 방안을 만들었다. 교실에 들어가기 힘들었던 나는 즐겁게 교실에 들어가기 위해서 여러 가지 방법을 썼다. 제일 행복한 사진, 웃는 사진을 붙여놓기도 했고, 사진을 찍어서 아이들의 웃는 모습을 붙여놓았다. 문을 열면 보이는 아이들의 모습이 큰 도움이 됐다. 독서 모임 6주가 지나 나의 사진을 보여줬는데, 나의 표정은 6주 전과 많이 달라져 있었다. 마음의 병이 생기기 이전의 내 모습으로 조금은 돌아가 있었다.

책이라는 도구와 마음이 따뜻한 사람과 함께 그렇게 성장해 나가고 있었다. 그렇게 나를 알아가고 있었고, 어둠이란 동굴 깊숙이 숨어 있던 나는 서서히 일어나고 있었다. 조금씩 세상을 향해 나오게 되었다. 다시 일어나야겠다는 마음을 먹었을 때, 이런 생각이 떠올랐다. 힘들고 지쳤던 나에게 어쩌면 따뜻하게 손을 잡아 주는 사람의 온기가 그리웠던 건 아니었을까? 교실이란 환경이 무섭지 않을 때쯤 사람들에게 받은 사랑을 나누어 주겠다고 다짐을 하게 되었다. 이 사랑을 나눌 수 있는 공간이 필요했다. 원장님들만의 애환과 도움이 되는 오픈 채팅방을 만들었다. 그렇게 우리만의 공간이 탄생했다.

나를 믿어주는 사람들, 회원 어머님으로 만났지만, 함께 손을 잡고 눈물을 나눠주는 사람들이 있다. 어머님도, 나도 뜨거운 눈물을 흘리고 나니 힘을 내야겠다는 생각이 들었다. 등을 돌린 사람도 있었지만, 따뜻하게 내 손을 잡아 주는 사람도 있다는 걸 알게 되었다. 이후 교실에 들어가는 것이 조금은 쉬워졌다.

교실은 나에게 특별한 공간이다. 아이들과 진실한 마음을 나누면서 수학의 이야기가 오가는 곳이다. 수학사 이야기를 즐겨하는 나에겐 과거 2천 년과 현재를 오가는 흥미진진한 공간이기도 하다. 수업 중에 아이들이 편지를 써온다. "이런 이야기는 선생님에게만 들을 수 있어요. 재밌는 수학 이야기를 해 주셔서 감사해요. 수학이 즐거워졌어요." 등 힘들고 지쳐 정신이 피폐해 있던 나에게 고사리 같은 손으로 써온 아이들의 편지는 나에게 생명수와도 같았다. '그래! 누구나 힘들고 어려운 일은 생긴다. 아무 사건이나 사고도 일어나지 않는 완벽히 평온한 학원 경영이란 있을 수 없다. 문제가 생길 때마다 좌절하고 절망하며 힘들어할 수는 없다. 그만 힘들어하고 다시 도전하자.' 따뜻했던 아이들의 온기가 가슴에 스민다. 그래! 내가 학원을 운영하는 목적은 아이들과 함께하는 것이었어! 지치고 힘든 마음 생길 때마다 환하게 웃는 아이들 얼굴을 떠올려보기로 했다. '한번 해보는 거지 뭐!'

2. 조금 더 신중하게 - 허필선

나는 마흔이 될 때까지 책을 읽지 않던 사람이다. 어느 날 집어 든 한 권의 책이 나를 글의 세상으로 밀어 넣었다. 매일 하루도 빠지지 않고 책을 읽었다. 처음에는 독서가 내 인생을 바꾸리라 생각하지 않았다. 단지 매일 새로움으로 한 발짝 나아갈 뿐이라 여겼다. 책을 읽기 시작하고 몇 해가 지나 내 삶을 돌아봤을 땐, 삶이 이전과는 많이 달라져 있었다. 어느새 작가가 되었고, 출판사 대표가 되었다. 그리고 그 과정에서 수많은 일이 있었다. 가끔 내 SNS에 들어가 내가 그동안 무엇을 했는지 살펴볼 때가 있다. SNS에는 그동안 내가 했던 거의 모든 프로그램과 진행현황이 보인다. 지금도 내 삶에 그 많은 일이 일어났다는 것이 신기하기만 하다.

처음부터 SNS를 잘 알고 있었던 것은 아니다. 오히려 다른 사람보다 SNS를 더 안 하던 사람이었다. 첫 시작은 블로그에 서평을 쓰는 것이었다. 책 읽은 내용을 정리하기 위해 쓰던 블로그는 점차 다양한 내용으로 채워졌고, 나는 조금씩 온라인 세상으로 밀려들어갔다. 그 안에서 새로운 사람을 만나고 소통하기 시작했다. 때론 온라인 친구가 오프라인 친구보다 더 친근하기도 했다. 온라인으로 여러 강좌를 듣고 배우면서, 나도 온라인으로 학원을 만들면 어떨까? 하는 생각이 들었다. 아이들을 위한 학원은 넘쳐나지만, 어른을 위한 학원은 없으니 말이다.

그렇게 성장하는 삶이라는 주제로 성인용 인생 학원을 만들기 시작했다. 모든 프로그램의 근간에는 항상 독서가 있었다. 내가 독서를 통해 변한 사람이기 때문이었다. 우선 첫 번째 프로그램은 1주일에 한 권의 책을 읽고, 매일 질문과 답을 찾는 상당히 힘든 일정의 프로그램이었다. 한 기수는 3개월 코스로 진행했다. 그리고 매월 다음 기수를 모집한다. 매월 새로운 과정을 모집하기에 한 달에 운영해야 하는 반이 3개였다. 매일 해야 하는 공지들이 있었고, 일주일에 3번은 강의를 해야 했다. 결국 주기적으로 해야 하는 일이 너무 많아졌다. 마치 직장을 다니는 것 같았다. 다음 기수를 모집하고 돌아서면, 며칠 후 다시 모집해야 하고, 매일 3곳의 단톡방에 미션 공지를 하고, 회원들의 결과물을 확인하고 답변을 보내야 했다. 미션을 수행하지 않는 분들은 일일이 챙겨 동기부여와 상담을 하기도 했다. 그리고 개인 상담도 들어오고, 조언해줄 것도 있어 카카오톡과 전화로 항상 누군가와 얘기하고 있어야 했다. 물론 바쁜 만큼 돈은 벌었다. 이 하나의 프로그램으로만 직장에서 받던 급여 정도의 돈을 벌 수 있었다. 할 일이 너무 많아지니 회사에 다니면서 하기는 힘들어졌다. 결국 다니던 회사를 그만두고 성인을 위한 학원에 모든 것을 쏟기로 했다.

독서 모임의 3개월 커리큘럼은 매월 다른 주제로 이루어져 있었다. 첫 번째 달은 독서와 습관 말하는 법 등 기초체력을 쌓는 달이었다. 두 번째 달은 성공을 주제로 공부하는 달이었다. 마지막 세 번째 달은 자신의 것을 표현하는 달이었다. 두 번째 달이 지나자 사람들이 달라지기 시작했다. 지금의 모습과는 다른 무언가를 해야겠다는 얘기를 했다. 그리고 한 달이 더 지나 프로그램이 끝나자 회원분들이 지금까지 생각해 보지도 않은 일들을 시도했다. 독서 모임을 시작하는 사람들, 책을 쓰는 사람들, 주변 사람들과 모임을 만들거나 참여하는 사람들이 나왔다. 그리고 고맙다는 얘기도 자주 들었다. 자신은 원래 그런 사람이 아니었는데, 모임을 하는 동안 다른 사람이 되었다고 했다. 누군가를 변하게 한다는 것은 정말 멋진 일이다. 처음과는 다른 생각을 하고 다른 행동을 하는 회원들의 모습을 보면서 운영자로서 뿌듯함과 보람을 느꼈다. 일 하나하나가 재미있었고 회원들의 성과에 대한 희열이 있었다. 처음에는 모든 것이 좋았다.

하지만 어느 날 이런 생각이 들었다. '사람들은 그렇게 변해가는데, 나는 무엇을 하고 있는가?' 당시에는 '수문장'이란 타이틀로 불렸는데, 사람들이 많이 물어본 것 중 하나는 '수문장님은 책은 안 쓰세요?' 였다. 책을 쓰는 사람들을 보고 책을 안 쓰냐는 질문을 들으면서, 나도 빨리 책을 써야겠다는 생각이 들었다. 하지만 모임을 운영하면서는 도저히 책을 쓸 수는 없을 것 같았다. 그렇다고 모임을 접고 책을 쓰면, 회사를 그만둔 상태였기에 돈도 벌지 않고 책을 쓰면 당연히 생계가 유지되지 않을 것이었다. 그렇다고 언제까지 모임만 운영하고 싶지도 않았다. 삶을 새롭게 바꿔보라는 얘기를 하면서, 정작 나는 모임만 운영하고 책을 쓰지 않으면 안될 것 같았다. 한참을 고민하다 결국 책을 쓰기로 했다. 하지만 오래 붙잡고 있기는 힘들었다. 최단 시간 내에 책을 끝내겠다는 결심을 했다.

SNS에 매일 글을 썼으니, 책을 쓰는 것이 어려울 것으로 생각하지는 않았다. 하지만 막상 책을 써보니 책을 쓴다는 것이 결코 쉬운 일은 아니었다. 온종일 고민하고 글을 써도 쓸 수 있는 양이 A4 2장, 1꼭지 정도에 불과했다. 정말 온종일 흰 종이와의 사투를 벌였다. 심지어 다른 일을 포기해야 한다는 생각마저 들었다. 결국 모임에는 소홀해지고 SNS는 접다시피 했다. 책을 쓰기 시작한 지 한 달이 지났다. 그래도 대략 원고 반 이상을 썼다. 하지만 모임을 제대로 운영할 수 없었다. 참여자에게 미안할 정도로 운영을 잘하지 못했고 놓치는 것도 많았다. 지금 바로 돈이 되는 것은 프로그램 운영이었다. 그렇다고 프로그램에 신경을 쓰면 책을 쓸 수 없었다. 원고를 끝낼 것인가? 아니면 프로그램을 포기할 것인가? 둘 중의 하나를 선택해야 했다. 며칠을 생각했다. 결국 더는 프로그램을 하지 않기로 했다. 그렇게 약 두 달 동안 책만 썼고 초고를 완성했다. 출판사에 원고를 넘긴 후 이제 책 쓰기는 다했다고 생각했다. 이제 다시 SNS를 활성화하고 프로그램 회원을 모집해서 운영하려고 했다. 하지만 그것이 끝이 아니었다. 편집자와 미팅을 하니 지금의 원고로는 책을 낼 수 없다고 했다. 개념부터 수정해서 원고 전반을 다시 쓰자고 했다. 원고만 끝나면 다른 일을 해도 되리라 생각했는데, 다시 똑같은 시간을 반복해야 한다는 뜻이었다. 문제는 생활비였다. 당장 생활비를 벌어야 했다. 회사로 돌아가기로 하고 회사를 알아봤다. 하지만 자리가 쉽게 나지 않았다. 오라고 하는 회사는 내가 맘에 안 들고, 가고 싶은 회사는 나를 반겨주지 않았다. 몇 개월간 초고를 수정했다. 그 시간만큼의 빚도 늘어만 갔다. 기획자가 원하는 방향으로 초고를 다시 썼다. 문제는 퇴고였다. 글 쓰는 시간보다 고치는데 더 많은 시간이 들어간다는 것을 그제야 알았다. 편집자가 원하는 방향의 글이 나올 때까지 글을 고치기를 계속했다. 퇴고하는 중 괜찮은 자리가 나와서 이직도 했다. 근데 편집자는 "회사에 다니시면 책 기획이 안 맞는데요."라며 자신은 그만두겠다고 했다. 원고에 매달린 6개월여의 시간이 의미가 없어졌다.

차라리 회사를 계속 다녔다면 어땠을까? 모임을 계속 운영하면 어땠을까? SNS를 계속했으면 어땠을까? 등 원고 때문에 포기해야 했던 것들이 생각났다. 그리고 알았다. 내가 너무 무모했다. '오리지널스'의 책에서 '애덤 그랜트'가 얘기한 실패의 원인에 관한 내용이 떠올랐다. 첫 번째는 자신이 모르는 분야에 대해서는 실재보다 낙관적으로 본다고 했다. 두 번째는 그 분야의 잘 아는 사람들에게 검증을 통해 오류나 미흡한 부분을 보완해야 한다고 했다. 세 번째는 안정적인 배경을 만들어야 더 창의적으로 일할 수 있다고 했다. 나는 분명 그 책을 읽었다. 하지만 그 얘기가 내 얘기일지는 몰랐다. 너무 낙관적이었고, 검증하지 않았고, 안정적인 배경이 없었다. 모두 내 잘못이었다.

그 후 대략 1년이 지나서 책이 나왔다. 처음 쓴 원고 내용 거의 그대로 출간했다. 내가 너무 모르는 게 많았다. 그렇게 첫 번째 사업은 실패였다. 더 집중했어야 했고, 더 조심했어야 했다. 무엇보다 더 많은 시간을 들여야 했고, 더 많이 준비했어야 했다. 시간을 간과한 것이다. 괴테는 시간을 견디지 못하는 것은 안일함이라고 했다. 빠른 결과를 기대하지 말고, 낙관적으로 바라보지 말았어야 했다. 충분한 시간을 들여 많이 생각하고, 여유를 가지고 오히려 느리게 갔어야 했다. 내가 잘할 수 있는지, 정말 문제가 없는지 시간을 들여 꼼꼼히 따져봤어야 했다. 그때 알았다. 정말 하고 싶은 것이 있다면 좀 느리게 가도 된다. 모든 일은 이루어지기 위해 충분한 시간이 필요하다. 그렇게 나는 느린 삶을 살기로 했다.

3. 한계를 부숴라 - 형주연

"일류대학은 바라지도 않습니다. 수도권 대학이라도 어떻게
안 될까요?"16년째 입시학원을 운영 중이다. 지금껏 수많은 학
생들을 가르친 만큼 똑같은 수의 학부모와 상담을 해왔다. 상담
하다 보면 종종 '마음이 안타깝다' 라는 감정을 느끼곤 했다. 수
년간 입시를 경험하면서 서울대 입학도 충분히 가능하다 여겨
지는 학생임에도 불구하고 부모가 자녀의 한계를 짓는 경우가
많았기 때문이다. 자식을 위하는 부모의 마음이 어떤지 나 역시
누구보다 잘 알고 있다. 하지만 자녀의 가능성을 지레짐작하여
한계를 짓는 말이나 행동은 안타까운 일이다. 나는 학원 운영자
이기 이전에 교육자라는 마음을 가지고 임하고 있다. 그래서 제
대로 된 교육은 한계를 정해주는 것이 아니라 넘어서도록 돕는
일이라 생각한다.

그런 부모들의 행동을 바꿀 수 있도록 도와야겠다고 결심했
다가도, '내가 뭐라고 그런 간섭을 하지?' 하는 생각이 들어 마
음을 돌리곤 했다. '국, 영, 수나 잘 가르치면 됐지 별걸 다 간섭

하려고 그래. 사교육답게 성적 올릴 생각이나 하자.' 그리고 보니 나도 내 한계를 스스로 짓고 있었던 거였다. 성적이나 올려 주면 된다는 학원 운영자로서의 현실적인 생각과 학생들의 마음가짐과 태도까지 다루어주어야 한다는 교육자로서의 이상적인 가치관이 마음속에서 뒤엉키며 혼란스러웠다.

성적 못지않게 태도를 강조했다. 배우는 사람의 자세와 가르치는 사람의 입장도 함께 이해하고 받아들일 수 있도록 지도했다. 나는 경험 많은 교사이자 원장이다. 국, 영, 수를 어떻게 가르치면 되는지, 어떻게 하면 성적을 올릴 수 있는지 잘 알고 있다. 하지만 그것만이 전부는 아니다. 성적만큼 중요한 것이 인성이다. 인성이 바르지 않은 학생에게 성적만 우선하는 교육이 과연 무슨 의미가 있을까? 그래서 인성에 대한 교육을 우선으로 했다. 나는 정말 중요한 것으로 생각하고 가르쳤지만, 받아들이는 사람은 달랐다. 당연히 원생은 급속도로 줄었다. 원장이 아니라 잔소리꾼, 입시학원이 아니라 인성교육 학원, 소문은 그렇게 걷잡을 수 없이 번졌다. 잠이 오지 않았다. 무엇을 해도 손에 잡히지 않았다. 입시 학원답게 가르치고 성적만 올리면 되는 건가? 이쯤에서 인성교육 따위는 포기하고, 그냥 다른 학원들처럼 성적 위주의 실력 있는 학원으로 다시 가야 하는가? 내가 가진 교육관을 모두 버려야만 하는가? 고민하기 시작했다.

1미터보다 더 높게 뛰어오를 수 있는 벼룩도 뚜껑 닫힌 병에 가둬두면, 스스로 뛸 수 있는 높이의 한계를 학습한다. 그 학습된 결과로 뚜껑을 열어놔도 다시는 높이 뛰지 못한다. 나도 사교육 현장의 한계를 스스로 만들고 있었다. 이런 고민 속에서 탄생한 것이 나의 일곱 번째 학원 '인성관'이다. 이번엔 학원 이름을 아예 보란 듯이 '인성관'이라고 지었다. 즉, 인성관은 사교육의 실상과 교육자로서의 내 가치관 사이에서 가졌던 오랜 고민에 대한 답이자, 사교육계에서 느낀 한계를 부수기 위해 만든 곳이라고 할 수 있다. 나는 마음을 독하게 먹었다. '에라, 나도 모르겠다! 그냥 부딪혀 보자!'

인성관에서 가장 중요한 것은 기본 인성교육이다. 화장실 사용법, 인사하는 법, 분리수거 등 어떻게 보면 별거 아니라 여겨지는 사소한 태도 하나하나를 가르쳤다. 숙제를 안 해 오거나

무단결석하는 행위도 선생님과 친구들에 대한 예의가 아님을 가르쳤다. 공부도 그런 기본자세와 바른 태도가 갖춰진 상태에서 해야 성적으로 연결된다는 사실을 증명하기 위해 만든 학원이었다. 그렇게 '한계를 부숴라!' 라는 나만의 슬로건을 내밀고 탄생한 인성관은 개원 1년 만에 70% 강좌가 마감되었고, 현재 오후반의 대기자는 받지 못할 상황이다. 학원이라는 사교육 현장에서는 성적만 올려야 한다는 고정관념도 스스로 만들었던 것이다. 원생 수에 연연하고, 수입과 운영에 대해 고민하면서 교육 가치관마저 흔들려 가면서 말이다.

한계에 수긍하며 하루하루 살아가는 하루살이처럼, 공병에 학습된 벼룩처럼 과거의 나와 같은 모습으로 살아가는 이들에게 한계를 극복하라는 말을 전해주고 싶다. 지금은 전국으로 학부모 설명회를 다닌다. 성적이 중요한 만큼 인성교육도 절대 소홀히 하지 말라는 당부, 그리고 자녀의 한계를 섣불리 결정 짓지 말라는 이야기를 간절하게 드리고 있다. 강의를 들은 사람들로부터 때론 박수를 받기도 하고, 여전히 수군거리는 모습을 보기도 한다. 하지만 중요한 것은 이제 인성의 중요함에, 그리고 나의 이야기에 귀를 기울이는 학부모가 점점 늘어나고 있다는 사실이다. 어디까지 늘어날지는 아무도 모른다. 한계가 없으니까 말이다.

　한 가지 주의해야 할 점이 있다. 한계를 짓지 말자는 말이 그어떤 노력도 없이 욕심만 부려도 된다는 게 절대 아니다. 한계를 없애는 가장 기본적인 것은 노력이다. 땀과 노력이 전제된 다음에야 한계를 극복할 수 있다. 각자 맡은 수업만으로도 정신없이 바쁜 학원 선생님들에게 인성교육까지 함께하자는 말을 꺼내기가 쉽지 않았다. 설명하고, 이해시키고, 일일이 매뉴얼 만드는 작업까지 교사뿐만 아니라 학부모들도 설득해야 했다. 인성관 가치와 의미를 모두 전하기 위해 많은 노력을 쏟고 있다. 그리고 또 한 가지, 한계를 짓지 말되 자기의 그릇 크기는 또 정확하게 알아야 한다. 내가 얼마만큼의 규모의 원장일 때 가장 행복하게 일할 수 있는지에 대한 가늠은 한계와 무관하게 각자의 성향과 그릇의 크기를 정확하게 알 때 나오는 것이다.

　인성관 아이들은 선생님 앞에서 예의 바르게 인사부터 시작한다. 너무나 당연한 것 같지만 요즘 같은 세상에서는 예의 없이 행동하는 아이들을 쉽게 만날 수 있는 반면에, 우리 아이들은 기본을 잘 지키기로 유명하다. 심지어 건물을 청소하는 아주머니도 우리 학원생들을 입이 마르게 칭찬한다. 기본이 달라지면 학습 분위기도 달라진다. 당연히 성적도 오른다. 학부모 만족도도 생각보다 높다. 그 결과로, 예전에 원생이 줄어 운영이 힘들 때가 있었나 싶을 정도다. 지금은 학원을 또 확장해야 하는지에 대한 행복한 고민에 빠져 있다.

학원을 경영하거나 시작하려는 이들에게 자신이 머리로만 생각한 한계를 벗어던지고 무조건 부딪혀 경험해 볼 것을 꼭 권하고 싶다. 해보지도 않고 한계를 정하는 사람이 되지 말라고 말이다. 실수와 실패를 두려워하지 말고 과감하게 도전하는 경험이야말로 학원 성공의 큰 원동력이 된다. 내가 자신만만하게 내 사업을 운영하고 누구 앞에서도 당당할 수 있는 이유는, 직접 부딪히고 해봤기 때문이다. 나도 처음에는 내 생각의 현실 가능성에 대해 확신할 수 없었다. 오히려 그래서 더 부딪혀 보고 싶었다. 정말 현실로 만들 수 있는지, 내가 중요하다고 생각하는 것을 세상도 인정할지 확인하고 싶었다. 그렇게 '인성'을 향한 모험을 시작했다. 나는 당당히 얘기하고 싶다. 내가 믿는 것이 있다면 시작해 보자. 그리고 세상의 정의에 나를 맞추지 말자. 나의 정의를 세상에 내놓아 보자. 끝을 정하지 않았다. 한계를 씌우지 않았다. 무엇이든 할 수 있다는 무한한 가능성 속에 나를 맡기자. 내일은 또 어떤 일에 도전해 볼까?

4. 실패는 성공을 위한 디딤돌일 뿐 - 이진선

과거의 날들을 돌이켜보면, 내 머릿속에서 실패의 경험은 거의 떠오르지 않는다. 한 번쯤은 실패한 적이 있었겠지만, 내가 생각하는 실패는 다른 사람들과 그 의미가 다르다. 나에게 실패란 풀어야 할 문제의 대상이고, 딛고 일어나야 하는 디딤돌이다. 그 문제를 해결하면서 더 단단해지고, 또 하나의 인생 경험이 생겼다고 여긴다. 처음 캐나다에 도착했을 때 입학 허가서 누락으로 대학 입학에 문제가 생겼어도 결국 해결했고, 학원 확장 이전 계약 때, 전 건물주가 몇천만 원이나 되는 보증금을 주지 않아 계약이 틀어질 뻔했던 상황일 때도 좋은 인생을 경험했다고 생각했다. 이런 나에게도 첫 번째 손가락에 꼽히는 힘든 시간이 있었다.

여자라면 대다수에게 축복이라 여겨지는 임신과 출산은 혼자서 수업하는 학원의 원장인 나에게 특히 힘든 시간이었다. 사랑하는 남편의 아이를 가졌음에 기뻤다. 하지만 산후조리를 위한 공백이 원생 탈퇴로 이어질 수 있다는 주변의 조언에 걱정이 더 컸다. 적어도 원생의 이탈은 막겠다고 생각하여 믿을 만한 강사들을 섭외했다. 혹시라도 수입이 줄어들 가능성에 대비해 직원 급여와 비상금을 미리 준비하며 몸조리는 딱 한 달만 하겠다고 수천 번 다짐했다. 그러나 출산 후 내가 걱정했던 상황이 벌어졌다.

수술 후에 몸을 많이 움직여야 회복이 빠르다는 말을 듣고 수술 3일 후 진통제가 매달린 스탠드에 의지하며 병원 복도를 돌아다녔다. 아물지 않은 실밥이 터질 것 같았다. 이런 노력에도 불구하고 학생들의 탈회를 알리는 카톡이 울려대기 시작했다. 그럼에도 태어난 지 며칠 안된 첫 아이에게 오롯이 집중하고 싶었다. 그래서 조리원 침대 끝에 걸터앉아 아이에게 젖을 물렸다. 얼마 되지 않아 또다시 탈퇴생이 있음을 알리는 메시지 알림 소리가 들렸다. 갑자기 눈물이 났다. 이렇게 메시지는 몇 주 동안 계속 울려 댔다. 불안한 마음을 안고 처음에 다짐한 대로 4주째 되던 주말부터 고등부 수업을 나갔다. 그때는 이미 절반 이상 되는 학생들이 빠져나간 후였다. 학생들이 없는 텅 빈 교실을 이리저리 둘러보는데, 닭똥만 한 눈물이 얼굴 위로 쉴 새 없이 떨어졌다. 나는 평소에 웬만한 힘든 일에 약해지는 사람이 아니라고 생각했다. 그런데 그 순간에는 모든 것을 포기하고 싶었다. 출산 이후 약해진 체력 때문에 힘든 것도 있었지만, 학원 경영이 실패할 수도 있겠다는 불안감 때문에 더 힘들었다. 정신이 나간 말 같지만, 어떤 날은 머릿속이 텅 빈 것 같이 멍하니 교실에서 혼자 앉아 있기도 했고, 고층 건물 옥상에서 뛰어내리는 상상도 했다. 그렇게 나의 본래 모습을 서서히 잊어가고 있었다.

　그 상태로 시간은 계속 흘렀다. 불안한 마음으로 밤새 뒤척이며 잠을 이루지 못했다. 그 후로 몇 달이나 흘렀을까? 자고 있는 아들의 얼굴을 물끄러미 바라봤다. 순간, 나만 믿고 태어난 아이를 위해서라도 다시 살고 싶었다. 나는 마음을 추스를 시간이 필요했다. 그래서 그날부터 새벽예배를 나가 지금 닥친 어려움을 극복할 용기와 지혜를 달라고 간절히 기도했다. 여느 때와 마찬가지로 간절히 기도하는 중에, 뜬금없이 "세월을 아끼라. 때가 악하니라."라는 성경 말씀이 떠올랐다. 어떤 이유인지 알 수 없지만, 그 성경 말씀은 나에게 하는 말 같았다. 지금 수업이 없어 시간적인 여유가 있을 때 실력 향상을 위해 공부하면서 새 학기를 준비해야겠다고 생각했다. 그러면 나중에 학생들을 지도하는 수준이 더 높아져 좋겠다는 생각도 들었다. 이렇게 생각을 바꾸자, 어두운 터널을 걷고 있는 동안은 보이지 않았던 삶의 의지가 서서히 나타났다. 내가 잊고 있었던 나의 진짜 모습을 비로소 되찾고 있었다. 그 후 내가 가장 하고 싶었던 영어 통번역 전문가과정과 진로진학 상담사 공부를 시작했다. 이렇게 두 개의 분야를 공부하면서 그동안 내가 어떤 사람인지 잊고 있었다는 것을 깨달았다. 나는 회복 탄력성도 좋지만, 그 누구보다 의지가 강한 사람이라는 것을 말이다. 공부를 시작한 이후로 자격증이라는 목표가 있었기 때문에 하루에 네다섯 시간은 필사적으로 공부했다. 공부할 때만큼은 집중할 수 있어서 좋았지만, 무엇보다 나를 불안하게 만드는 실패에 대한 생각이 떠오르지 않아서 행복했다. 주위에서는 학원을 출산 이전 상태로 돌리려면 평균 2년의 시간이 필요하다고 말했다. 잠시 괴로웠던 시간이 있기는 했지만, 나에게 2년은 도약을 위한 준비 시간이었다. 수개월을 공부에 집중하며 보내고 얼마 후 목표했던 자격증을 모두 취득했다. 그리고 공부하는 기간 동안은 신입생 모집보다 남아 있던 원생들 관리에 더 힘썼다. 시간은 거짓말같이 빠르게 흘러 1년 5개월쯤 되었을 때, 이듬해 1월부터 소문을 듣거나 소개를 받았다는 신입생들이 등록하기 시작했다. 남아 있던 원생들 관리에 정성을 쏟은 결과였다. 이후 학원은 예전 모습을 서서히 되찾기 시작했고, 텅 비었던 교실이 학생들로 메워졌다. 그때부터 내가 공부했던 내용을 커리큘럼에 적극적으로 접목시켰다. 진로진학 상담사 자격증을 취득한 덕분에 입시 제도와 같은 교육정책의 변화를 미리 내다 볼 수 있었고, 영어 통번역 전문가과정을 공부한 경험을 바탕으로 영어 에세이 반을 구성했다. 그리고 이 과정을 토대로 영어 에세이 대회에서 2년 연속으로 대상 수상자를 배출하는 결과도 냈다. 지금은 청소년들에게 도움이 될 만한 분야를 공부하고 자격증을 취득해

'생명주의 성교육' 이나 '금연/금주' 에 관한 외부 강의도 진행하고 있다. 그리고 이제는 학원사업을 꿈꾸는 예비 원장들에게 학원을 시작할 수 있도록 도움을 주는 입장이 되었다. 더불어 최근 코로나 팬데믹 시기에도 경영에 크게 어려움을 겪지 않고, 오히려 시간이 지나면서 과거의 어느 때보다 학원은 더 번창하고 있다.

"아무것도 하지 않으면 아무 일도 일어나지 않는다."라는 말이 있다. 나는 가장 힘들었던 시간을 통해 더 성장했고, 지금도 내가 가장 좋아하고 잘할 수 있는 일인 영어 수업을 계속하고 있다. 인생은 폭풍이 지나가기를 기다리는 것이 아니라 빗속에서 춤추는 법을 배우는 과정이라고 했다. 실패는 누구나 할 수 있다. 하지만 그 실패 때문에 그대로 주저앉은 사람은 자신의 삶을 변화시킬 수 없다. 과거의 나는 나에게 닥친 힘든 상황을 극복하고, 앞으로 더 준비된 모습을 갖추기 위해 공부를 선택했다. 그런데 그 선택은 나를 더 발전된 사람으로 변화시켰고, 수시로 공부하는 사람으로 만들었다. 위기는 누구에게나 위기가 아닌 것 같다. 위기를 기회로 삼으면 성공으로 가는 디딤돌이 될 뿐이고, 힘들었던 시간은 내 삶에 무용담을 남길 수 있는 시간이 되기 때문이다.

5. 나는 나의 꿈을 응원한다 - 정치민

살다 보면 누구나 몇 번쯤의 위기나 시련은 온다. 어느 책의 한 대목에서, 영화나 드라마의 내용에서도 늘 접할 수 있다. 6살 아이에게도 인생이 있듯, 강산이 몇 번이나 바뀌도록 살다 보니 나에게도 그런 시기가 있었다. 경제인구로 데뷔를 하고, 결혼과 출산이라는 풀 옵션을 모두 이루다 보니 자연스럽게 다양한 일을 경험했다. 해냈다는 성취감이나 자아도취의 순간도 있었지만, 고난과 시련도 따라왔다. 그 순간마다 모두 같은 방법으로 이겨낸 건 아니었다. 그냥 묻어 두기도 했고, 포기하기도 했다. 또 어떤 것은 시간의 힘으로 버텼다. 나는 평화로운 해결과 타협을 선호하는 인간이었다. 뒷수습이 버겁고, 실패의 좌절이 불편했다. 내가 시련에 빠진 것도 대충 둘러대는 태도 때문이었을지도 모른다.

시련의 시작이 육아 우울증인 것은 확실하지만 전부는 아니었을 것이다.

그 당시 나의 경력은 나의 의지로 단절된 상태였다. 직장에서 나이 때문에, 직위 때문에 고스란히 견딜 수밖에 없었던 경험이 도피하겠다는 결론을 짓도록 했다. 미칠 듯한 짜증과 부당함 속으로 다시 들어가고 싶지 않았다. 무조건적인 복종과 포기들이 쌓여가면서 마음이 조금 다쳤다고 생각했다. 그래서 그 상처를 보듬는다는 핑계로 아무런 위험을 무릅쓰려 하지 않았다. 아주 작은 근심도 허락하지 않는 곱고 조용한 신혼생활이 마음에 들었다. 자기 발전, 경제적인 생산활동을 하지 않는 안락함 대신 가족을 거들어 주는 것이 당연하다고 받아들인 건 강제가 아니었다. 평생 그렇게 살아도 상관없다고 생각했다. 그 평화의 실체가 태풍의 눈 속에 있는 것처럼 불안정하고 옳지 않다는 것을 알고 있었지만 모른 척했다. 행복이라는 탈을 쓴 안일함과 핑계에 완전히 굴복했다. 홀린 상태로 멈춰버린 중독과 닮아있었다.

그러나 걱정 없이, 긴장 없이 사는 것이 마음에 들어 머물렀던 세상은 '나'의 존재감이 줄어든다는 사실과 더 나아가 '나' 라는 사람은 그런 상황을 버틸 수 없도록 태어났다는 것을 뒤늦 게 깨달았다. 자아를 잃으면서 비로소 인지했기 때문이다. 학생 의 신분이었을 동안, 직장인으로 어딘가 소속되어 있을 동안에 는 신경 쓸 필요가 없던 나의 일면이었다. 원인이 무엇이든 내 삶이 잘못 흘러가고 있다고 자각했을 때는 이미 많은 것이 엉망 인 상태였다. 남편을 들볶는다고 위로가 되지도 않았고, 눈물을 훔친다고 답이 나오지 않았다. 예전처럼 단순히 버티는 것으로 는 해결 할 수 없었다. 과거의 경험으로 학습된 해결 방법들은 모조리 무용지물이었다. 그래서 누군가를 원망하거나, 타고난 운명을 탓하는 데 에너지를 소모했다. 당연히 그런 방식은 나 자신의 영혼을 끊임없이 헤집고 상처를 만들어 내기만 했다. 다 른 의미에서의 자기 학대였다.

그때쯤 나의 일상은 다이어리에 적을 내용조차 없는 모습이 었다. 가치가 없어 보이는 매일의 반복. 점차 필요 없어지는 내 이름 세 글자. 가족들이 던져놓은 옷가지들과 먹고 난 빈 그릇 들이 종료가 없는 미션처럼 막연했다. 결론도 없고, 큰 성취감도 없는 끝도 없는 굴레가 답답해지기 시작했다. 어디선가 '살림'은 누군가를 살린다는 뜻이 있어서 아주 중요하고 의미 있다는 이야기를 들었지만, 그럼 나는 누가 살리냐고 속으로 강하게 비웃었다. 수년 전 어떤 잡지에서 읽은 명품 브랜드의 크리에이티브 디렉터 '피비 파일로'의 기사가 생각났다. 뒤뜰에서 노는 아이들의 에너지가 어색하게 느껴졌고, 다시 돌아갈 곳이 필요했다던 그녀의 고백에 대한 내용이었다. 내가 그 디자이너와 비교해 객관적으로 하등한 업무능력을 가졌다고 하더라도, 나만의 자리를 찾고자 하는 열망까지 폄하하고 싶지 않았다. 오히려 가족을 위한 희생보다 자신의 가치를 찾는 것이 더 중요한 사람도 있다는 정당하다는 위로를 받을 수 있었다. 이기적이라는 죄책감을 가질 필요가 없다고 말이다. 자신을 중요하게 여긴다고 해서 내 아이들을 사랑하지 않는 건 아니기 때문이다.

그 시점부터는 시련의 시작이 무엇부터였는지 중요하지 않았다. 오로지 평화만을 추구하던 고집에서 벗어나려는 노력만이 가장 중요했다. 알을 깨고 밖으로 나오려는 생명처럼 연약한 의지였지만, 나태하게 시간을 내버린 잘못을 인정하는 것부터 시작했다. 그래서 누군가에게, 무언가에게 기대려 할 때마다 얼마나 실망했는지 떠올렸다. 그 실망은 상대방의 태도 때문이 아니라 게으르게 의존하려는 나의 공짜 근성이 원인이라는 큰 깨우침이 모든 상황으로부터 독립할 수 있도록 만들었다.

현재의 해답이 어디서부터 시작된 건지 지금도 가끔 생각해 본다. 한 가지 확실한 것은 글쓰기에 대한 열망과 애정이 나의 정답이었다. 찾는 자에게 길이 보이고, 위기 이후에 기회가 온다는 뻔한 말들은 잔인하게도 진실이었다. '찾는다'는 것과 '위기를 이겨 낸다'는 것은 그 짧은 글자 수로 모두 표현할 수 없을 만큼 만만치 않았다. 그 과정에서 치열한 성찰과 인생을 건 용기가 필요하다는 사실은 의도치 않게 강제로 터득해야만 했다. 동굴 속에서 찾은 한 줄기 빛은 탈출구를 찾고 있는 자에게 희망의 징조가 된다. 그 빛을 따라가면 출구가 나올 거라는 희망으로 힘을 내는 것이다. 스스로 발견한 재능과 욕구 역시 삶의 길을 잃었을 때 희망의 징조가 되었다. 그 재능과 욕구를 따라가다 보면 원하는 꿈과 목표를 찾게 될 거라는 기대로 용기를 쥐어짤 수 있었다.

좋아하는 일을 업으로 삼지 말라고 하기도 한다. 하지만 좋아하지 않는 일을 업으로 삼으면 어찌 되는지 아는 사람에게는 고민의 여지가 없다. 결국에는 애정이 식고 서로가 파국에 치달더라도 열렬한 사랑을 선택하는 이들과 마찬가지의 마음일 것이다. 누군가의 글을 수정할 수 있는 안목을 기르고, 함께 책을 읽은 재미를 발견하고, 쓰기 욕구가 되살아 난 것은 모두 신이 짜 놓은 자수를 같다. 서로 연관이 없을 것만 같았던 한 땀 한 땀의 노력들이 결국 하나의 꽃밭을 그려내는 신의 큰 그림 말이다. 이제는 나의 취향과 재능으로 만들어진 꽃밭이 어떤 모양인지 한눈에 들어온다. 그래서 다음번 한 땀을 어디에 놓아야 보기 좋은지 알게 되었다. 나의 꿈은 스스로 응원해야 한다. 그 와중에 누군가는 응원을 보내고, 누군가는 야유를 보낼 것이다. 어차피 그 둘 모두를 만족시키는 것은 불가능하다. 그래서 다른 이의 평가나 허락은 생각보다 큰 의미가 없다. 가장 확실한 대답은 내면에 있다는 것을 기억해야 한다. 인연이 닿는 아이들에게 내가 아는 모든 것을 퍼주리라는 다짐은 계산적인 조건이 아니라 추상적으로 그려진 꿈을 따라 걸으며 찾게 된 나만의 오솔길인 것처럼 말이다.

방송인 유재석의 원동력이 10년의 무명시절이었듯, 나의 에너지는 나를 무너뜨렸던 그 시간이다. 또 새로운 고민이 생기고, 또 다른 나태함이 어딘가에 포진해 있을지도 모른다. 그럴 때마다 떠올릴 그 구렁텅이 같은 시간과 돌아가고 싶지 않다는 의지가 지독하게 나를 몰아세울 것이다. 그리고 현재는 제2, 제3의 꿈이 다음 차례를 기다리며 대기 중이다. 성공의 경험은 또 다른 성공이 욕심나도록 만든다. 그래서 지금 나의 인생은 아주 정신없고 신나게 흘러가고 있다. 그 길에서 이제 더 이상의 의심과 흔들림은 없을 것이다.

6. 성공한 내 모습을 그려보다 - 김만수

어린 시절 철물점과 연탄 가게를 동시에 운영하셨던 부모님 덕분에 국민학교(지금의 초등학교) 때부터 힘쓰는 일에는 이골이 나 있었다. 여러 가지 아르바이트를 하면서도 힘든지 몰랐고, 대학 시절부터 다양한 아르바이트를 하면서 살아왔다. 말이야 쉽지 리어카와 경운기 연탄 배달을 따라다니는 건 여간 어려운 일이 아니었다. 학교를 가지 않는 토요일, 일요일은 으레 새벽부터 일어나서 연탄 배달을 하시는 아버지를 따라다녔고, 점심때쯤 되면 얼굴과 코밑이 시커멓게 변해서 지나가는 같은 학교 여학생이 쳐다볼까 봐 얼굴을 가리고 부끄러워했던 그때를 떠올리면 지금도 씁쓸한 웃음이 지어진다. 그때의 노동으로 팔과 다리는 운동선수 부럽지 않을 정도로 단단해져 있었고, 영혼의 코어도 점점 다져졌다.

군 제대 후 집안 형편이 여의치 않아서 홍보물, 신발 공장, 커피숍, 주유소 등 각종 아르바이트를 닥치는 대로 하며 용돈과 학비를 벌었다. 힘들게 일해야 할 정도는 아니었는데, 무엇에 홀린 듯 몸과 마음에 여유를 주지 않고 쉴새 없이 일해 왔다. 어느 날 94학번 여자 후배에게서 한 가지 제안을 받았다. 자신은 해운대에 위치한 학원에서 학생들을 가르치고 있으며, 사정이 생겨 곧 그만두려고 하는데 선배가 대신 해보지 않겠느냐고 말이다. 학원? 남을 가르쳐 본 적도 없고, 그런 직업을 가져야겠다는 생각을 언감생심 해본 적도 없는 나에게 약간의 흥미로움과 약간의 두려움이 다가왔다. 머릿속으로는 생각해 보겠다는 말을 하려고 했는데, 여자 후배에게 대뜸 "내가 할게"라고 생각과는 다르게 대답하면서 당황스러움을 느꼈다.

해운대에 있는 학원에 후배와 함께 찾아갔고, 실장 선생님에게 면접을 받은 후 다음 주부터 근무하기로 했다. 그 학원은 지금 생각해도 규모가 꽤 큰 학원이었다. 교무실에는 정규 직원 선생님만 40~50명 정도 근무하고 있었는데, 휴학생 신분이던 내가 그런 곳에 취직을 하게 되었으니 운이 좋았다고 볼 수 있었다. 운명처럼 학원 선생이라는 직업이 찾아왔고, 첫 수업을 하게 되었다. 약간의 떨림과 설렘으로 교실에 들어가서 학생들을 만났다. 마치 수줍은 새색시의 마음이 이와 같지 않았을까. 고등학교 때까지 학원과 과외라곤 일체 접해 보지 못했던 나는 고등학교 시절 인기가 있었던 선생님 몇몇 분을 떠올리며 그분들의 수업 내용과 말투를 흉내 냈고, 반대로 인기가 없었던 선생님들의 모습을 생각하며 그분들과 같은 언행을 하지 않도록 조심했다. 그야말로 기본에 충실한 수업을 하자는 것이었고, '잘하자' 보다는 제대로 하면서 욕먹지 말자는 마음으로 임했는데, 첫 수업은 물론 주관적이긴 하지만 대성공이었다. 수업의 깊이가 얼마나 있었겠냐 마는, 재미있는 이야기와 유난히 국사와 세계사를 좋아했던 덕분에 국어 수업에 접목해서 설명했더니 학생들은 생기 있는 눈빛과 웃음으로 대신하였다. 잊을 수 없는 운명 같은 첫 만남이었고, 나의 인생은 어쩌면 그날 돌이킬 수 없는 길로 한 발 내디딘 것이다. 지난날의 고생스러웠던 날들이 학원 일을 시작함으로써 보상받는 기분이었다. 그렇게 학생들과의 성공적인 만남을 시작으로 행복한 나날들을 보내고 있는데 호사다마라고 했던가? 좋았던 시절에 갑작스레 청천벽력 같은 일이 생겼다. 주변 지역에 경쟁 학원들이 우후죽순처럼 들어서기 시작했고, 나눠먹기식 경쟁이 치열한 결과 학생 수가 점점 줄어들기 시작했다. 급기야는 과목별로 나이가 60이 넘으신 대선배 강사님과 학생 신분인 선생님, 그리고 학생들에게 어필이 잘 안되는 선생님 위주로 정리해고를 통보받은 것이었다.

이 일을 어찌한단 말인가? 운명이라고 생각했던 직업을 이렇게 쉽게 잃게 될 줄은 전혀 예상하지 못했다. 그날의 기분은 생각하고 싶지 않지만, 오랜 세월이 지나도 더욱 선명하게 다가온다. 당시 며칠을 잘 마시지도 못하는 소주로 지친 몸과 마음을 달랬다. 그렇게 며칠간 멍하니 있다가 학원에 계속 남게 되셨던 선생님으로부터 내가 퇴직한 사실을 안 여학생들이 울고 불고 난리가 났었다는 이야기를 전해 들었다. 마음을 써 주는 이가 있으니 좋아해야 하나, 아니면 아이들의 눈에 눈물을 흘리게 했으니 가슴 아파해야 하나, 헷갈리기도 했다. 다시 학원에 나갈 수는 없는 상황이니 어떻게 해야 하나?

그래. 다시 일어서는 거야. 나의 수업에 반응했고, 재밌어했고, 믿음을 보내주던 학생들과 학부모님을 잊을 수가 없었다. 그래서 다시 벼룩시장에 나와 있는 구인난을 샅샅이 찾아서 학원 생활을 이어갈 수 있었다. 그 이후로 탄탄대로를 걸으며 결혼에 골인했고, 결혼과 동시에 공부방을 오픈해서 보금자리도 마련했다. 중간에 여러 가지 우여곡절도 있었다. 그때 동성고등학교 행정실장으로 근무하고 계시던 장인어른께서 동성고 국어 정교사의 기회가 있으니 도전해 보라고 권유하셨다. 교편을 잡는 것은 나름대로 가치가 있겠다고 생각했지만, 당시에는 긍정의 답변을 드릴 수가 없었다.

모든 것이 운명이었다. 이 길을 택한 것도, 다른 곳으로 눈을 돌리지 않은 것도, 실패 후 다시 도전한 것도. 좋은 인연을 만났다가 다시 헤어지기도 한다. 하늘이 이어준 인연은 끝까지 함께하리라 믿고 있다. 이 글을 쓰면서도 만났다가 헤어진 인연, 친했다가도 소원해진 인연, 최근까지도 몰랐다가 마음의 친구가 된 인연 등 만남은 하늘이 정해주는 것 같다.

인생에 있어 시련은 몇 번 찾아오게 마련이다. 힘들 때마다 젊은 날의 기억을 떠올리며 마음을 다잡곤 한다. 이후에도 또 다른 시련이 닥칠지도 모른다. 언제든 다시 일어설 수 있다는 것이 인생의 묘미가 아니겠는가? 당시에는 장인어른께 죄송해서 말씀드리지 못했다. 교사의 길을 선택하지 않은 것은 학원 사업으로 돈을 많이 벌어서 학교를 설립하는 것이 꿈이었다. 지금 이 순간에도 미약하지만 한 걸음 한 걸음 목표를 향해 성공을 꿈꾸며 디자인하고 있다.

제2장

여기까지 올 수 있었던 동력
(어떻게 해서 지금의 학원을 이루었는가)

1. 수강생은 왕이다 - 이혜령

2. 시작은 소통이다 - 김만수

3. 챙김의 경영자 - 허필선

4. 재미있게 노력했다 - 정치민

5. 나만의 무기를 만들자! - 이진선

6. 공부하고 또 공부한다! - 형주연

1. 수강생은 왕이다 - 이혜령

학원을 시작하기 전에 과외선생님으로, 강사로, 공부방 원장으로 먼저 아이들과 어머님을 만나게 되었다. 둘째가 갓난아이를 조금 지났을 때, 강사 일과 과외 일을 병행했다. 강사로 2일 정도 학원을 나가고, 과외로 3~4일을 하며 바쁜 하루하루를 보냈다. 과외의 인원이 꽤 많아질 때쯤 누구나 하게 되는 고민거리가 생겼다. 과외는 대학 시절부터 했던 일이지만, 아이들의 급격한 시간 변동, 한 아이와의 수업, 이동 시간, 거리 등의 제약이 있었다. 과외를 받는 아이들이 늘어나면서 수입 또한 늘었지만, 회당 수업을 받는 과외는 안전하다고 생각하기는 어려웠다. 과외로 수업을 받고 있던 친구들은 주로 중, 고등 친구들이었다. 간혹 중, 고등 친구들의 형제인 초등 친구들도 함께했었다. 강사로 나갔던 곳은 유치원생부터 초등학생을 대상으로 수업하는 곳이었다. 일주일에 유치부의 5살부터 고등부의 18살까지 다양한 아이들을 만났다. 아이들의 나이가 다양한 만큼 수업을 준비하는 과정이 녹록지만은 않았다.

그러던 중 강사로 일하던 학원이 확장을 했다. 그 덕에 내가 초등부 친구들을 함께 맡아서 수업할 기회가 생겼다. 정말 고민이 많았다. 집과의 거리도 있고, 과외로 함께하는 아이들도 눈에 밟혔다. 아이들의 성적이 좋아지는 과정과 함께하고 싶었고, 함께하는 아이들에게 많은 것을 알려주고 싶어서였다. 일부 어머님들에게 고민을 털어놨다. 오히려 어머님들은 축하해 주셨다. 나의 고민이 무색했다. 그렇게 과외로 인연을 맺은 아이들이 학원에 등록했다. 아이들의 집과 학원과의 거리는 차로 30분이 넘게 걸리는데도 말이다. 정말 감사했다. 이동의 거리가 있어서 평일과 주말에 나눠서 등원했다. 아이들은 주말 하루를 반납하고 수업을 들으러 왔다. 힘들 법도 한데도 기쁜 마음으로 오는 아이들이 너무나 예뻤다. 매주 토요일은 마치 아이들과 데이트를 하는 날인 것 같았다. 그렇게 학원 생활이 시작되었다. 눈에 넣어도 아프지 않을 나의 아이들이 한 명 한 명 탄생했다.

학원은 경기도 의정부에 있었지만, 서울 중계동과 남양주에 거주하는 아이들도 수업을 들으러 와줬다. 너무나도 감사했다. 그렇게 시간이 흘러 어머님들의 감사가 익숙해질 때쯤, 코로나로 인한 정부의 규제로 학원 문을 강제로 닫아야 했다. 집합이

금지되었기 때문에 약 2주간을 온라인으로 전부 전환해서 수업해야 했다. 갑작스러운 상황에 나도, 아이들도 당황스럽긴 마찬가지였다. 아이들의 학습 결손이 걱정되어 프린트물을 만들기시작했다. 아이들별로 평소 부족했던 부분 위주로 교재를 만들었다. 출력하고 보니 매일 저녁 늦은 시간, 아니면 새벽 시간이다 되어 일과가 끝났다. 이후 각 가정에 아이들의 학습지를 돌렸다. 그런 마음이 어머님들께 전달되었는지, 간단한 간식들을준비해서 문제집을 받기 위해 기다리곤 하셨다. 그렇게 전달하는 과정에서 큰 깨달음을 얻은 일이 있다. 학원에 오는 친구들이 학원 근처에서만 오는 게 아니었다. 차로 20~30분 걸리는아이들도 꽤 있었다. 아이들에게 직접 교재를 전달하다 보니 시간이 오래 걸렸고, 새벽까지 일해야 하는 날도 많아졌다. 하루는 마지막 교재를 전달하러 포천을 갔다. 학원에 다니는 아이중 가장 먼 곳에 사는 아이를 위해서였다. 차로 30분 정도 걸리는 거리다. 교재를 전달한 후 무심결에 하늘을 올려다보았다.하늘엔 아름다운 별들이 반짝이고 있었다. 별빛을 보고 있으려니 많은 생각이 오갔다. 코로나로 인해 아이들을 만나지는 못하지만, 아이들은 선생님이 이렇게 먼 곳까지 매주 오고 있다는 사실을 체감하며 감사한 마음 또한 가득 품을 것이라 생각했다.

　나는 그런 아이들을 위해 수업을 좀 더 즐겁게, 재미있게 구성하려고 노력한다. 수업할 때 이름이 '캔디 선생님'이다. 많은 아이가 물어본다. "왜 캔디 선생님이에요?" 나는 "너희들이 학원 오는 시간이, 나와 함께하는 시간이 달콤하길 바라는 마음에서 이름을 '캔디'라고 지었어."라고 답했다. 그 이후로 아이들의 영원한 캔디가 되어 달콤함과 행복을 함께 나누어 왔다. 그렇듯 매일 같이 아이들을 생각하며 고민을 했다. 수학을 설명할 때 단순히 숫자로만 이야기하는 것이 아니라, 아이들이 좋아하는 캐릭터 또는 상황에 맞는 예시를 들면서 수학을 이야기로 만들어 수업을 진행했다. 우리의 뇌는 어떤 것을 듣는지에 따라 기억력이 달라진다. 단지 설명만을 들었을 때는 기억하는 것이 얼마 되지 않는다. 하지만 같은 지식도 이야기로 바꾸어 전달하면 기억을 잘한다. 그 이유는 지식을 이야기로 전달하면, 뇌가 지식과 감정을 묶어 기억하기 때문이다. 이야기를 듣는 동안엔 자신을 대입하기도 하고, 감정을 움직이기도 한다. 이 사실을 알고 난 후로는 조금 더 즐겁게 아이들이 기억했으면 하는 바람에 개념수업을 스토리 형식으로 진행했다. 다행히 아이들의 반응과 결과가 매우 좋았다. 아이들을 위해 해줄 수 있는 나의 가장 큰 선물이었다. 나 역시 그런 아이들을 통해 더 큰 선물을 받게 되었다. 아이들의 시험 성적이 좋아졌고, 더불어 학원에 대한 입소문이 퍼졌다.

요즘 아이들은 형제자매가 얼마 안되거나 독자인 경우가 많다. 학교가 끝나면 놀이터 대신 학원을 간다. 요즘 아이들은 친구와 놀기 위해서라도 학원을 가야 한다. 학원이 아이들에게 제3의 공간이기를 바랐다. 제3의 공간이란 미국의 사회학자인 '레이 올든버그(Ray Oldenburg, 1932~)'가 《The Greate Good Place(1989)》에서 정의한 공간이다. 삶의 가장 기본적인 제1의 공간이 가정, 제2의 공간이 직장, 제1 공간과 제2 공간 중간에 대중이 모이는 공간이지만 나의 공간처럼 편한 제3의 공간이라는 개념을 정립했다. 내가 학원을 설립할 때, 학원이라는 개념을 정의하면서 단순히 학습하는 곳이라고 정의하지는 않았다. 학원은 아이들에게 제3의 공간이 되어야 한다고 생각했다. 어른들에게 커피숍이 제3의 공간인 것처럼 아이들에게도 그런 공간이 필요하고, 학원이 그런 장소가 되어야 한다고 생각했다. 학원이라는 공간은 아이들이 놀이터같이 재미있는 공간, 친구를 만나 함께할 수 있는 공간이었으면 했다. 아이들이 자신의 이야기를 털어놓을 수 있으며 안전하고 즐거운 곳. 그렇게 아이들의 정서적 안정과 지식을 함께 채워갈 수 있는 공간을 만들었다. 교실 하나 정도의 공간을 비워 공유 공간을 만들었다. 그곳에서는 아이들이 놀 수도 있고, 어머니들도 편하게 대화할 수 있는 공간이 생겼다. 아이들은 대기실에서 다음 수업을 기다리며 간식을 먹기도 하고, 누워서 책을 보기도 한다. 다음 학원을 가기 전에 쉬었다 가는 쉼터 같은 역할을 해준다.

나는 아이들이 왕이 되는 수업을 받았으면 좋겠다고 생각한다. 영어로 리더라고 하는 말이 한국말로는 왕에 가장 가까울 것이다. 왕이 된다는 것은 모든 것을 누린다는 뜻은 아니다. 이끌 수 있는 사람이 된다는 것이다. 자신의 역할에 최선을 다하고, 다른 사람을 어루만져 줄 수 있고, 세상을 널리 이롭게 하는 그런 아이를 키우는 수업을 하고 싶다. 단순히 지식을 쌓는 곳이 아닌, 인성을 키우는 곳, 그것이 내가 추구하는 학원의 모습이다. 나는 왕을 키우는 학원을 운영하고 있다.

2. 시작은 소통이다 - 김만수

어린 시절 영화를 본 것 중에 동물과 대화를 나누며 교감을 하는 주인공의 이야기가 생각난다. 숲속의 정령들과 대화를 나누며 마치 자연의 일부가 된 듯 살아가는 이야기 또한 새롭다. 사람 사이에 살면서 소중한 가치를 논하면 사랑, 우정, 가족 등 등 여러 가지 단어가 있지만, 가장 기본적인 가치를 생각해 보면 소통을 꼽을 수 있다. 직장 내에서든, 가정에서든 소통이 기본적으로 전제가 되어야 다음 단계에 관해 대화를 나누어 볼 수 있기 때문이다. 여기서 잠깐 소통의 사전적 의미를 살펴보면, '막히지 아니하고 잘 통함, 뜻이 서로 통하여 오해가 없음'인데, 여기서 언뜻 보면 잘 통한다거나 오해가 없다는 의미로 생각할 수 있다. 우리 사회 전반에 일어나는 사건 사고를 보면. 결국 문제의 시작은 소통의 부재로부터 일어나고 있으니 새삼 소통의 중요성을 느낄 수 있다. 학원을 운영하는 고등학교 친구 세 명이 일주일에 한 번 만나서 밥 먹고 수다 떠는 자리가 있다. 30

대까지는, 남자는 술자리를 통해서 친해진다고 믿어서 수다 떠는 것을 즐기지 않았는데, 최근에 이르러 밥 먹으며 수다 떨고, 커피를 마시는 모임의 즐거움을 알아가고 있다. 그러던 중에 친구의 고민거리에 대해서 들을 기회가 있었다. 친구는 조교로 와 있는 선생 하나가 일은 정말 잘하는데, 여학생들에게 지나칠 정도로 친절하게 하고 조금씩 터치를 한다는 것이었다. 입소문에 먹고 사는 직업인지라 친구는 심각하게 느끼고 있었고, 심지어는 몇 차례 경고 끝에 얼굴을 붉히며 언성을 높였다고 한다. 여기서 진지하게 생각해야 할 부분이 있을 듯하다. 보통은 이런 상황이 발생하면 위의 상황처럼 말하고 행동한다는 것이다. 앞으로 벌어질 상황을 예측하여 사전에 방지하고자 주의와 경고를 하고, 다음은 해고로 이어지곤 한다. 과연 이런 과정이 정답일까? 학원의 현재 상황과 관련지어 생각해 보면 적절한 정답을 찾을 수 있다. 최근 학원들이 강사나 조교 선생을 구하기 어려워한다. 심지어 강사를 잘 구하는 학원이 성공한다는 말까지 있을 정도이니, 구인난의 심각성을 잘 보여 준다. 다시 조교에 관해 생각해 보면, 젊은 20대 초반의 건장한 남성이고 여고생들과는 불과 몇 살 차이 나지 않은 연령대이니, 때에 따라서는 예뻐 보이는 여학생에게서 이성의 감정을 느끼는 것은 당연한 현상일 수 있다. 사업은 사업이니, 모든 경우에 있어서 조심하는 것이 당연하지만, 해결하는 방법에 있어 조심스럽게 접근할 필요가 있어 보인다. 큰소리로 야단치는 것보다 묵직하고 차분한 목소리에 사람들은 귀를 기울이고 행동이나 태도의 변화를 보이곤 한다는 것은 여러 가지 실험 결과를 통해 입증되었다. 이처럼 큰 목소리로 소리치면 상대방은 마음과 귀를 닫고 아예 들으려고 하지 않으나, 반대로 차분하고 묵직한 목소리에는 주의를 기울이며 경청하게 되고, 문제의 심각성을 스스로 깨닫게 하는 효과가 있다. 강사가 재산인 시절이니, 소리쳐 야단치는 것보다 강사나 조교의 장점을 파악한 다음, 어떠한 방식으로 소통을 해서 문제를 해결할 것인가를 생각해야 한다. 의외로 그 문제는 강의실에 강사가 해야 할 업무와 하지 말아야 할 수칙을 써서 눈에 띄게 걸어 놓는다면 쉽게 해결할 수 있다.

요즘은 상담하러 오는 학부모가 나이가 더 적은 경우가 많고, 학생들도 아들과 딸보다 어린 경우가 많으니 세월의 흐름을 실감하고 있다. 기본적인 학생과의 소통은 그들의 눈높이에 맞춰 대화하고, 개그도 그들의 눈높이에 맞게 준비해 둔다. 또 과제를 해 오지 않거나 교재를 지참하지 않는 경우, 지각 결석이 잦은 경우도 아직도 쉽게 넘어가기가 힘들다. 그런 경우 어린 학생들에게 조곤조곤 앞으로 벌어질 상황에 대해서 전달하고, 태도의 변화가 없으면 한 번 더 약속을 어겼음을 이야기한 후 3번째 벌어질 상황에 대해서도 최종 선언하듯이 알려준다. 물론 흥분하지 않고 조용히 이야기하고, 학부모와도 비슷한 톤으로 상담을 진행해서 학생의 태도 변화를 촉구한다. 국어 1등급을 받았다든지, 100점을 받았다는 좋은 소식에는 소통이 자연스럽게 이루어지지만, 그렇지 못한 일에는 대부분 조심스러움이 수반된다.

한 마리의 미꾸라지가 전체 물을 흐리지 않게 하려면 분위기를 명확하게 설계하는 것이 중요하다. 자신이 운영하려는 방향성과 목표를 명확하게 명시하고, 강사와 학부모와 학생들이 거기에 동참해서 추구하는 분위기가 형성되도록 해야 한다. 학원 운영뿐만 아니라 가정생활에서의 소통도 마찬가지이다. 지금의 나를 떠받치는 힘은 일차적으로 가정에서 나온다. 아이들과의 소통은 어려움이 없었으나 아내와의 소통은 쉽지 않은 경우가 있다. 일반인들과는 다른 출퇴근 시간과 주말에도 계속되는 수업은 잦은 부부싸움의 원인이 되기도 한다. 젊었을 때는 불만이 곧 싸움인 시절이었지만, 시간이 지날수록 대화의 타이밍을 늦추는 요령이 생긴다. 일의 특수성에 대한 이해와 마음에 상처를 주지 않는 처신이 필요하다. 가정의 평화가 성공하는 학원의 밑거름이기 때문이다.

인재가 곧 재산이다. 옛날에 삼고초려라는 말이 있다. 유비가 제갈공명을 얻기 위해 계절을 달리하며 세 번이나 찾아간 노력은 결국 관우, 장비와 함께 형제라는 공동체로 한 국가의 기틀을 닦는 탁월한 선택이었다. 한고조 유방도 항우에 뒤처진 전력의 열세를 역전시키고 한나라를 창업할 수 있었던 것도 유능한 인재의 등용에 있었다. 현재 대치동과 전국에서 브랜드파워를 떨치고 있는 대형학원의 대표님도 학원 경영의 초반에 유능한 인재를 모으려고 많은 힘을 쏟았던 일화를 말한다. 그와 같은 열정으로 인재를 찾아서 구하려고 노력하라는 말은 아니다. 최소한 지금의 나와 인연을 맺고 있는 좋은 사람들을 놓치지 않으려는 노력의 첫 단계가 소통이라는 점을 강조하고 싶다.

직장이든, 가정이든 인복이 있어야 한다. 그래야 본인의 운명을 개척해 가는 데도 도움이 된다.

큰 틀에서 목표를 함께하고 가치를 공유하며 미래에 관해서 대화할 수 있는 인재라면 조금의 흠이 있더라도 충분한 소통을 통해서 문제의 해결책을 찾는 것이 우선이다. 여러 가지 상황에서 발생하는 다양한 문제도 흥분하지 않는 차분한 대화법으로 물 흘러가듯 해결하는 것이 현명한 방법이다. 모든 분야에서 가장 중요하면서도 기본적인 가치는 상대의 마음을 헤아리고 배려할 줄 아는 소통에서 비롯된다.

3. 챙김의 경영자 - 허필선

온라인 프로그램에서 내가 가장 중요하게 생각한 것은 회원이 원하는 것을 얻어 갈 수 있어야 한다는 점이었다. 간단히 말해 성과가 나와야 한다. 이 원칙을 세우고 나니 프로그램 내에서 내가 해야 할 일이 명확해졌다. 나는 성과를 내도록 지원하는 역할이었다. 물론 쉬운 일은 아니다. 우선 아무리 프로그램을 세밀하게 만들고, 미션을 넣고, 동기부여를 해도 매일 꾸준히 하는 사람은 얼마 되지 않는다. 사람들 대부분은 새롭고 익숙하지 않은 일과 마주치면 무척 힘들어한다. 그래서 운영자는 뒤처지는 사람을 찾아야 한다.

잘하는 사람은 내가 신경을 많이 쓰지 않아도 알아서 한다. 하지만 미션을 잘 수행하지 못하는 사람은 일일이 챙겨야 한다. 처음부터 삐걱거리는 사람은 한 번 뒤처지면 따라오기 힘들기 때문이다. 그래서 초기에 성공률이 떨어지면 상담을 한다. 어떤 어려움이 있는지 확인하고 해결책을 제시한다. 그렇다고 모든 것에 대한 해결책을 제시하지는 않는다. 1개 또는 2개의 가장 중요한 해결책을 제시한다. 너무 많은 얘기를 하면 오히려 역효과가 날 수 있다. 시간이 지나 그 해결책이 효과가 있는지, 미션을 잘하고 있는지 점검한다. 점검하는 데 오랜 시간이 걸리지는 않는다. 단 몇 분이면 충분하다. '잘하고 계시는가요? 어려움은 없으세요?'와 같은 몇 가지 질문이면 충분하다. 이 잠깐의 점검으로 미션 수행의 정도는 큰 차이를 보인다. 한 번은 이런 얘기도 들었다. "처음에는 힘들어서 안 하려고 했는데요, 수문장님이 너무 챙겨주셔서 도저히 안 할 수가 없었어요. 그래서 끝까지 할 수 있었습니다. 정말 감사합니다." 나는 그저 며칠에 한 번, 단 몇 분을 투자했을 뿐인데 말이다.

가끔 사람들에게 "저는 어떤 사람인가요?"라고 물어보곤 한다. 다른 사람에게 비치는 내 모습이 내가 가는 방향을 제일 잘 투영한다고 생각하기 때문이다. 사람들이 가장 많이 하는 얘기는 "퍼주는 사람이요."였다. 나는 결코 퍼주는 사람이라고 생각하지는 않는데 말이다. 사람들이 그렇게 느끼는 이유를 대략 알고 있다. 시작할 때 기대했던 것보다 더 많은 것을 받아가기 때문이다. 그렇다고 뭔가 대단한 것을 주는 것도 아니다. 시간이 부족하거나, 방법을 모르거나, 시작하는 용기가 부족한 회원들에게 맞춤형 해결책을 알려줄 뿐이다. 그렇게 해결책을 제시하기 위해선, 우선 짧은 상담을 통해 힘들어하는 부분에 관한 얘기를 듣는다. 그리고 그에 맞는 해결책을 제시한다. 예를 들어 시간이 부족한 사람에겐 '미션을 수행할 시간을 만드는 방법'을 알려드린다. 아침이 편한 사람이라면 30분 일찍 일어나는 것을 추천하고, 회사에 다니는 사람이라면 퇴근 시간에 자리에 앉아 30분간 미션 수행을 한 후 퇴근하기를 추천한다. 육아를 하거나 밤에 미션을 수행하는 것이 익숙한 사람에게는 눕지 말고, 일단 의자에 무조건 30분 앉아있는 것을 추천한다. 공간과 시간을 동시에 설정해서 미션을 쉽게 시작할 수 있도록 하는 것도 좋다. 예를 들어 독서를 식탁에서 밤 10시에 하려고 한다면, 식탁에 독서대를 놓고 읽을 페이지를 미리 펴놓는 것을 권한다. 그리고 지정한 시간에 알림이 울리면 그 장소에 가서 앉기만 하면 된다. 책을 가지고 와서 읽을 부분을 찾는 장애물을 걷어내는 것이다. 작은 장애물로 생각되지만, 하기 싫을 때는 책을 펼치는 것이 큰 걸림돌이 되기도 한다. 그래서 미리 세팅해 놓으면 장애물 하나를 걷어내고, 시작을 쉽게 만들어 준다. 이미 그 장소에 그 시간이면 책이 펼쳐져 있기에, 앉아서 바로 책을 읽을 수 있다.

글쓰기 프로그램은 참 어렵다. 글을 쓰는 것은 창조의 작업이기 때문이다. 독서는 익히는 작업이다. 주어진 것을 익히는 독서보다 없던 것을 새로 만들어 내는 창조의 작업인 글쓰기 프로그램은 어려울 수밖에 없다. 그래서 독서 프로그램을 잘하던 사람도 글쓰기 프로그램을 시작하면 어려워하는 경우가 많다.

소재를 찾는 것부터 어려워하는 분들이 많다. 이런 분에게는 책상에 앉아서 소재를 찾지 말라고 조언한다. 소재는 하루 동안의 생활 속에서 감정이 많이 동요된 사건이 바로 소재라고 얘기 드린다. 그래서 감정이 동요된 순간 짧게 한 줄이나 두 줄이라도 메모하라고 한다. 그리고 글은 정해진 시간이 되면 미리 메모해 놓은 소재로 쓰라고 한다. 글을 쓰려고 앉아서 소재를 생각하면 시간만 하염없이 흘러간다. 하지만 낮에 글 쓸 소재를 잘 메모해 둔 사람은 시간의 낭비 없이 바로 글을 쓸 수 있다. 글쓰기 시작의 힘은 메모에서 나온다고 할 수 있다.

또 다른 걸림돌은 글의 양이 채워지지 않는다는 점이다. 정말 많은 분이 글의 양이 늘지 않아 힘들어한다. 이런 분에게는 구성을 잡는 여러 가지 방법을 알려준다. 주로 조언해드리는 구성 방법이 있다. 첫 번째는 육하원칙대로 쓰는 방법이다. 육하원칙은 누구나 알고 있지만, 글쓰기에 적용하는 사람은 얼마 없다. 육하원칙에 따라 소제목을 만들어 놓고 글을 쓰면, 글이 훨씬 논리적으로 되고, 풍성해지는 것을 느낄 것이다. 두 번째는 시간의 흐름에 따라 쓰는 방법이다. 가장 무난하고 익숙한 방법이다. 만약 2시간짜리 사건을 글로 쓴다면 30분씩 나눠서 글을 쓴다. 물론 10분 간격으로 나눠서 쓰거나, 1시간 간격으로 나눠서 쓸 수도 있다. 예를 들어 2시간의 내용의 글을 쓴다면, 30분씩 나눠 4번 글쓰기를 해보자. 추가로 육하원칙 글쓰기를 각 30분으로 나눈 글에 추가할 수도 있다. 세 번째 방법은 인과관계에 따른 글쓰기이다. 원인을 3가지, 결과를 3가지, 해결책을 3가지로 나눠 총 9가지의 소제목을 미리 잡아둔다. 그리고 그 안에 글을 채우는 방식이다. 우리가 이미 다 알고 있는 아주 간단한 것들로 구성을 잡아도 짧은 글을 훨씬 풍부하게 만들 수 있다.

이렇듯 미션을 수행하기 힘들어하는 사람에게 내가 드리는 조언은 그리 힘들거나 대단한 방법이 아니다. 아주 작은 맞춤형 솔루션을 제공하면 된다. 상담 시간도 보통 10분을 넘지 않는다. 하지만 도움을 받은 사람은 결코 작은 도움이라고 생각하지 않는다. 가장 어려워하는 부분을 해결해 주었기 때문이다. 그래서 오히려 운영자가 작은 관심을 보이고, 하나라도 더 챙겨준다면 감동과 효과도 커진다. 대단한 것일 필요는 없다. 작더라도 문제점을 해결해 주면 된다. 모든 어려움은 항상 작은 문제에서 출발하기 때문이다. 걸림돌을 걷어내고, 어려움을 쉽게 만드는 것이 운영자가 할 일이다.

'데일 카네기'의 『인간관계론』에는 '루스벨트 대통령'의 일화가 소개되어 있다. 어느 날 루스벨트 대통령이 차를 타고 가다가 백악관 정원사에게 전화를 걸었다. "이보게, 지금 메추라기가 자네 집 앞으로 날아갔다네. 어서 창문을 열어 아내에게 보여주게나." 정원사의 아내가 메추라기를 한 번도 본 적이 없다는 얘기를 기억했다가 메추라기가 보이자 정원사에게 전화한 것이다. 루스벨트 대통령이 전화하는 데 사용한 시간은 1분 남짓이 아니었을까? 하지만 루스벨트 대통령은 그 1분으로 평생의 지지자를 2명 얻었을 것이다. 그리고 그 지지자는 수많은 지지자를 만들어 냈을 것이다. 분명 루스벨트의 세심한 배려를 여기저기에 소문냈을 것이기 때문이다. 그리고 이렇게 책에까지 소개되어 수십 년 동안 회자되고 있기도 하다. 챙김이란 긴 시간이 아니어도 된다. 내가 진심으로 그 사람을 챙기고 있다는 것만 전달이 된다면, 단 1분의 시간이라도 그 사람에게는 평생 간직할 소중한 기억이 될 것이다. 그 1분은 시간과 공간을 초월해 다른 사람의 삶을 송두리째 바꿀 수도 있다.

4. 재미있게 노력했다 - 정치민

발문 시간, 가끔 아이들에게 꿈이 있느냐고 묻는다. 꿈이 없어 슬퍼하던 주인공의 이야기를 그린 〈레오의 특별한 꿈〉을 읽으면서도 물었고, 꿈에서 먹은 당근을 찾아 모험을 떠나는 〈당근 먹는 사자 네오〉를 읽으면서도 물었다. 그 책의 주인공들은 치열하게 고민하고 시련에 빠지는 과정을 통해 꿈을 찾거나 이루었다. 나는 그 질문과 동시에 어린 시절을 회상하곤 했다. 한때는 조련사, 한때는 작사가, 한때는 카피라이터가 꿈이었던 순간들. '꿈'의 자리를 공석으로 두는 것은 죄악이고, 태만이라는 죄책감 때문에 찾아서 설정하기에 급급했다. 그래서 당연히 책속의 주인공처럼 놀림을 이겨 내거나 반대를 무릅쓰는 모험 같은 건 없었다. 학생이 할 수 있는 건 그저 학교나 부지런히 다니는 것뿐이라고 생각했기 때문이다.

그래서 학생 신분으로 할 수 있는 최대한의 노력은 공부뿐이었다. 하지만 공부를 해야 한다고 '생각'만 했을 뿐 공부에 열정을 불태우지는 않았다. 그럼 그 외의 무언가에 매달려 봤느냐 묻는다면, 단박에 아니라고 대답할 수 있다. 나는 절대로 미친 듯이 매달리는 사람이 아니었다고 말이다. 해볼 만한 도전을 선택했고, 효율적인 성과가 나오지 않을 것 같으면 아예 시도하지 않았다. 그때는 그것이 도전이라고 생각했지만 사실 진짜 도전이 아니었다. 이리저리 재어보고 행하는 비겁자면서 방관자였다.

그 와중에도 참 이상한 기억이 하나 있다. 나는 수학과 과학을 사랑하던 10대였고, 자연스레 고등학교 이과생의 과정을 거쳐 자연과학부에 입학했다. 수학과를 겨냥한 입학이었지만, 현실의 대학 수학은 내 생각과 아주 달랐다. 순수한 학문 그 자체였다. 제대로 알아보지도 않고 경솔하게 선택한 결과였다. 실패한 선택이었다. 경직되고 고리타분한 교수님들의 분위기에 이질감만 쌓였다. 같은 반 동기들과 있을 때면 영어로 증명을 잔뜩 늘어놓은 수학 전공 책을 보는 기분이었다. 어쩔 수 없이 학창시절 내내 개근상을 타던 기본적인 성실함으로 출석 일수를 채울 뿐이었다.

그런데 '통계학' 이라는 과목은 조금 남달랐다. 그 수업은 과목명 그대로 '통계'를 가르치는 과목이었다. 다행히 다른 과목에 비해 수업을 따라가기가 수월했다. 그리고 시험 때가 되었고, 나는 언제나처럼 벼락치기를 위해 시험 전날 책을 펼쳤다. 그리고 딱 30분이 지난 후 신선한 충격을 받고 말았다. 겨우 30분인데 그 공부가 무척 재미있었던 것이다. 답이 척척 맞아떨어지고, 새로운 이론과 케이스를 익혀가는 재미가 여간 좋은 것이 아니었다. 그렇게 한결같은 집중력으로 밤을 새웠고, 결과는 당연히 만점이었다.

'열공'을 떠올리라면 학생 신분으로 살았던 십몇 년의 시간 중 오로지 그 하루만이 떠오른다. 점수가 선사해 준 만족감보다 공부하며 따라붙던 희열이 더 강하게 남은 그 몇 시간이 어제처럼 선연하다. A+을 향한 위대한 욕심은 애초에 없었다. 전공에 애정이 없었기 때문에 당연한 태도였다. 그저 해야만 해서, 안 하면 안 되는 일이기에 했을 뿐이었다. 하지만 '재미'라는 것이 따라붙으니 이보다 더 좋은 동기부여가 없었다. 짜릿한 성공의 경험이었다.

마찬가지로 처음부터 학원을 차릴 생각은 없었다. 몇 평의 규모에 몇 명을 모집하겠다는 그림은 그려 보지도 않았다. 가르치는 것이 실현 가능한지 아닌지, 그 여부만 생각했다. 또 무엇을 가르치고 싶은지 고민했다. 나의 능력을 펼칠 수 있다면 어떤 공간이든 상관없었다. 아이들에게 세상 어디에서도 나눌 수 없는 이야기를 들려주고 싶다는 포부만이 가득했다. 교과서 밖에는 이렇게 넓은 세상, 이렇게 다양한 생각이 있다는 것을 보여주고 싶었다. 그래서 유동인구를 따지거나 주변 시장조사를 하는 것보다 내 머릿속 지식의 양이 더 중요했다. 가르치는 이로써 당연한 전제였다. 나의 내공이 100이라면 아이들에게 10이 전달될 것이고, 1000이라면 100이 전달되기 때문에 게을러질 수 없었다. 밑천이 드러나는 수치스러운 순간을 맞이하고 싶지 않았다. 명료한 대답과 능숙한 진행만이 강사의 권위를 세워주기 때문이다.

그런데 '독서 지도'라는 것이 오묘한 분야라 국문학도 아니고, 국어교육학과도 조금 달랐다. 글쓰기를 지도하려면 '문예창작'과 연결되기도 하지만, 문학을 위한 창작이 아니라서 완전히 일치하는 것도 아니었다. 그 말은 지도법 연구 역시 혼자 찾아내야 한다는 뜻이었다. 그런 현실을 자각하는 순간부터 설레기 시작했다. 내 멋대로, 내 마음대로 고민하며 창의력을 최대치로 활용해야 하는 그 상황이 마음에 들었다. 경직된 조직 문화에서 '최고의 정답'은 없을지라도 '최선의 방법'은 존재한다는 자기 주도적인 생각은 필요하지 않았고, 그 점이 가장 답답했는데 이제야 비로소 펼쳐낼 수 있어서 신이 났다. 마치 마음대로 말하고 즐기는 자유가 주어진 것처럼 달가웠다.

그래서 독서 지도와 글쓰기 관련 책을 닥치는 대로 읽었다. 학습, 독서, 교육에 관련된 콘텐츠는 옥석을 가리지 않고 습득했다. 참으로 공부하기 편리한 시대였다. 이렇게 자료가 풍부하고 마음만 먹으면 배울 수 있는데, 왜 아이들은 문제집만 들입다 파고 있는지 모르겠다는 안타까운 생각까지 들었다. 그래서 그런 경험과 깨달음까지도 아이들에게 전해줘야겠다는 생각에 점점 마음이 바빠졌다.

고민하고 지식을 쌓아 가는 그 시간이 밤새 '통계학'을 공부하던 날처럼 참 재미가 좋았다. 스스로 의문을 만들고, 스스로 찾아내니 당연히 생길 수밖에 없는 감정이었다. 거울을 보지 않아도 내 눈동자의 선명한 초점이 느껴졌다. 빨리 그 아이디어와

영감들을 실현하고 싶어 몸이 근질거리는 행복한 괴로움에 빠지기도 했다. 검사하는 이도 없는데 성실하게 노트 정리까지 했으니 아주 훌륭한 자율학습이었다. 자고로 공부란 이렇게 하는 것이라며 뿌듯해했다. 그렇게 즐기다 보니 자연스레 지식이 쌓였고, 나만의 방법이 만들어졌다. 지금의 다양한 수업이나 훈련방식도 대부분 그때 영감을 받은 것들이다. 몇 분의 학부모님들이 칭해주신 나의 '완벽한' 캐릭터는 그때의 즐거운 노력 덕분임이 확실하다. 항상 무언가를 생각하고 연구하고 있다며 응원해주시는 어머님들 덕분에 요즘은 날개를 단 듯 시원한 해방감을 느낀다. 나의 선택이 틀리지 않았다는 확신이 생겼기 때문이다.

어차피 해야 한다면 즐기라는 말은 참으로 무심하다. 솔직히 억지스러운 실행은 도무지 즐겨지지 않는다. 기분이나 감정 따위는 접어두고 포기하듯 받아들이라는 뜻 같아서 더욱 억하심정이 생기기도 한다. 하지만 진심으로 해내고 싶은 것이 있다면 오히려 자신의 색상과 기질을 버리면 안된다. 자신만의 이유가 있어야 쉽게 마음이 열리고, 거부감 없는 방법을 찾아낼 수 있다. 나에게 맞는 최적의 방법을 찾으면 강력한 동기가 생기고 저절로 행동하게 된다. 그러면 비로소 즐길 수 있는 자가 될 수 있다.

그것은 누군가의 방식과 규칙보다 자신의 기질과 색상을 지켜내야 가능하다. 규칙을 무시하고 멋대로 하라는 뜻이 아니다. '자유'와 '멋대로'는 엄밀히 다르다. 피해를 주는 '멋대로'와 조화로운 '자유'를 혼돈해서는 안된다. 상식과 예의를 지킨 이타적인 방법만이 존중받는다는 것을 꼭 기억해야 한다. 그렇다면 누구나 혼자만의 깊은 고뇌를 통해 꿈을 찾은 '레오'가 될 수 있고, 사자의 본능을 거스른 꿈을 이루어낸 '네오'가 될 수 있다. 꿈과 모험이 가득하면서도 건설적인 '마이웨이'는 즐기는 자가 될 수 있도록 만들고, 그 결과는 승자의 엔딩이 될 것이다.

5. 나만의 무기를 만들자! - 이진선

며칠 전 개원을 준비하는 예비 원장들을 만났다. 그날의 주제는 개원 지역 선정이었다. 새 아파트가 들어서는 지역을 몇

군데 선정하고, 카카오 맵과 네이버 사이트에 접속해 로드뷰, 거리측정 버튼을 눌러 주변 시설들을 살펴봤다. 그리고 그 지역 인구분포율, 학교 수 등 개원에 도움이 될 만한 정보를 하나씩 정리했다. 요즘은 사이트 한두 개만 이용하면 객관적 자료를 조사할 수 있는 참 빠르고 편리해진 세상이다. 그런데 이런 조사를 통해서 선정된 지역에 비슷한 스펙을 가진 원장들의 개원 후 상황을 비교해 보면, 조기 마감이 되는 곳도 있지만 어떤 경우는 원생 모집이 잘 안되는 상황도 보인다. 이 둘의 차이는 무엇일까에 대해 생각해 본 적이 있다.

내가 초보 원장이었을 때도 개원을 돕는 컨설턴트들이 있었다. 하지만 나는 그들에 대한 정보가 많이 없었고, 내가 선택한 지역을 잘 모르는 전문가들의 의견은 굳이 듣고 싶지도 않았다. 오히려 그 당시 옆 건물에서 학원을 운영하고 있는 숨은 고수들의 안목을 더 믿고 싶었다. 이것이 내가 가진 지역 정보가 많지 않았음에도 아파트 후문 쪽에 첫 학원을 시작했던 이유다. 그곳은 다양한 과목들을 교습하는 원장들이 모인 지역이었다. 나중에 알게 된 사실이지만, 바로 앞 아파트 단지는 4,000세대 이상이 거주하는 대단지였고 초등학교, 중학교, 고등학교가 모여 있는 지역이었다. 그래서 동네의 규모나 교육열에 걸맞게 온갖 대형 학원들이 즐비해 있었다. 그곳의 학부모들은 어떤 대형 학원이 들어올지 항상 관심을 갖는 분위기였다. 그런 여러 가지 이유로 그 지역은 학원 운영을 시작하기에 좋은 위치인 것이 틀림없었다. 하지만 시작할 때는 셀 수 없을 정도로 많았던 주변 학원들이 2년도 되지 않아 폐업하기 시작했고, 그 자리는 다른 업종들로 채워졌다. 반면 나의 경우는 수업 조기 마감이 계속되어 큰 도로 쪽으로 확장 이전을 하는 등 학원의 규모를 키워나갔다. 나와 그들의 차이점은 무엇이었을까? 나는 그 이유가 내가 할 수 있는 나만의 무기를 가지고 있기 때문이라고 생각한다.

규모는 작지만 대형 학원들 사이에서도 위축되지 않았다. 결과에 자신 있었기 때문이다. '비전이 없는 곳은 사람들이 떠난다.'는 생각과 '중요한 것은 우리의 현재 위치가 아니라 우리가 가고 있는 방향이다.'라는 말을 항상 기억했다. 시작 과정이 쉽지는 않았지만, 원생들에게 비전을 제시하고, 원하는 결과로 이어지는 개별 관리형 학습을 진행했다. 이런 개인별 맞춤식 교육이 '나를 찾아올 수밖에 없는 이유'가 될 수 있다고 생각했다. 그리고 그 예상은 적중했다. 원생 수만 비교한다면 대형 프랜차이즈 학원들을 이길 수 없었지만, 비율로 따진다면 출중한 실력을 가진 학생들이 그들보다 나에게 더 많았다.

나의 교수법 자체가 일대일 맞춤식이니, 학생의 학습 성향을 파악하는 것은 기본이었다. 신규 학부모 상담 시에는 자녀의 진로에 관한 문답지를 만들어 학생의 진로 방향을 파악했다. 그리고 등록과 동시에 내신과 모의고사 성적표, 학교 시험지 등을 정리할 수 있는 개별 포트폴리오를 만들었다. 장래 희망을 물어보는 단순한 질의응답식의 상담으로는 학생에 관한 많은 정보를 파악할 수는 없었다. 여기에 대비한 몇 가지 예상 진학 로드맵도 만들어 학부모나 학생의 답변에 맞게 제시하기도 했다.

학원이 하는 주요업무는 아이가 학교 공부를 잘 따라가게 도와주는 일이다. 그것은 마땅히 해야 할 학원의 기본 역할이고, 여기에 더불어 내 학생들의 미래를 같이 만들어 나가고 싶었다. 교재 진도만 나가는 수업은 내키지 않았다. 원생들의 진로와 진학에 관한 자료를 조사하며 끊임없이 고민했다. 아이들이 가진 목표를 달성하기 위해 개인별 성적관리와 생활기록부 첨삭 상태 등 상황에 맞게 합격률이 높은 전형을 기준으로 개인별 진학 로드맵도 만들어 나갔다. 언제나 그렇듯 결과도 중요하지만, 과정도 중요하다고 여겼기 때문이다. 그때부터 지금까지 포기하지 않고 계속해서 유지하고 있는 것이 한 가지가 있다. 바로 눈에 보이는 데이터를 제공하는 것이다. 각자 받은 공인 점수를 시험의 종류별, 영역별로 분석해서 부족한 영역은 어떻게 지도할 것인지에 관해서 개별 학부모 상담을 통해 전했다. 이런 부분들은 누구나 하고 있다고 말할 수 있을지 모르겠다. 하지만 핵심은 지속적으로 관리한다는 것에 있다.

나는 지금도 학생 관리나 성적 관리를 잘하는 원장들에 대한 소문을 들으면 배우려고 한다. 그들 또한 자신만의 핵심 노하우까지 공개하지 않지만 그래도 괜찮다. 그들이 하고 있는 방식을 보완해서 내 방식으로 만들어 쓰면 되기 때문이다. 나만의 관리 방식을 만드는 과정은 여러 분야에서 아이디어를 얻는다.

작년에는 어느 쇼핑몰의 인스타그램 라이브 방송을 보다가 아이디어를 얻기도 했다. 문득 학원에서 라이브 방송을 못할 이유가 없다는 생각이 들었다. 그래서 일전에 라이브 방송으로 교육 관련 강의를 한 적이 있었는데, 그 시간을 통해 학원에서 쓰고 있는 교재도 즉각적으로 보여주고 자녀 교육에 관한 대화도 나눌 수 있었던 경험이 신선했다.

인구밀도나 주변 환경과 같은 객관적 시장조사는 몇 가지 검색사이트에 접속해 버튼 몇 개만 눌러봐도 파악할 수 있다. 그러나 이런 요소들보다는 개원 목표 지역에 거주하는 고객들의 'Needs' 파악에 시간투자를 하는 것이 더 가치가 있다고 생각한다. 또한 어떤 분야든지 현재 사업을 잘하고 있는 사람들을 본보기 삼아 나의 사업에 적극적으로 접목시켜 보는 것도 꽤 괜찮은 방법이었다. 실시간 화상 수업을 어렵지 않게 경험할 수 있을 정도로 물리적 거리의 의미가 퇴색된 시대이다. 이것은 본인이 의지만 있다면 많은 정보를 쉽게 얻을 수 있다는 의미이기도 하고, 그것을 바탕으로 사람들이 나를 찾아야 하는 이유를 만들 수 있다는 의미이기도 하다. 명품을 즐겨 찾는 사람들은 그 물건의 가치를 즐긴다고 한다. 학부모들이 수많은 학원들 중 우리 학원을 선택했을 때, 그들이 나에게 부여했던 가치는 무엇이었을까? 어떤 가치를 부여했든 그것이 최상의 선택이 되도록 결과로 보답하고 싶다.

6. 공부하고 또 공부한다! - 형주연

"원장 선생님은 왜 공부해요?"

나도 학생이다. 얼마 전 대학원 종강 후 곰곰이 이런저런 생각을 하다가 '아이들은 시험이 끝나면 무엇을 하고 놀까?' 문득 이런 생각이 들었다. 내가 공부하는 이유는 한없이 부족한 나를 채우기 위함도 있지만, 아이들의 오늘을 함께 느끼고 싶어서이기도 하다. 과제를 밀려보며 아이들이 가질 부담감도 느껴보고, 시험을 앞둔 시점에도 놀고 싶은 마음과 공존하는 시험공부만 했다 하면 다른 할 것들이 떠오르는 잡생각 등 어른이 되었어도 학창 때처럼 행동하긴 매한가지인 듯하다. 나를 지켜보고 있는 제자들과 자식들이 있기에 확실히 그때보단 더 열심인 것도 맞다. 내가 직접 해보지 않고 아이들을 이해한다는 건 '이해하는 척' 하는 것일 수 있겠다는 생각에서였다. 시험이 끝나면 내가 아이들에게 '시험 잘 봤냐?'고 물어보기 전에 아이들이 먼저 물어본다. "원장님, 시험 잘 보셨어요?" 그렇게 우리는 시험에 대해 자연스럽게 이야기를 시작한다. 원장과 학생으로서가 아닌 같이 시험을 본 사람으로 말이다. 성적 덕분에 학생과 내가 함께 울고 웃게 해주니 최고의 소통 방법 중에 하나라고 생각한다.

공부하는 학원에서 밥벌이하는 나는 공부에 투자하는 게 맞다 생각하여 30대 이후부터 다시 공부를 시작했다. 교육 및 상담심리 관련 자격증을 수십 가지 취득하였다. 대학원을 마치고 다시 대학원에 입학하여 전공을 하나둘씩 늘려나가 교육학에 평생 교육학을 얹고, 융합정보학을 더하고 인문학을 접목했으며, 뼛속까지 문과인 나의 뇌 구조를 바꾸기 위해 공학 대학원까지 진학했었다. 그 후 상담심리 석사, 상담학 박사를 더했다. 앞으로도 교육 현장을 떠나기 전까지 내 공부는 끝이 없을 것이다.

그 어떤 누구와 대화를 해도 내가 가진 문제는 해결이 되지 않았다. 누군가에게 나의 부족함을 말하면 어느 날 쉽게 떠들 수 있는 약점이 되었다. 나의 아픈 상처를 말하면 상처와 함께 비난받기에 십상이었다. '상처가 많은게 아니라 상처 받기 쉬운 내가 어리석었구나.' 했던 생각이 나를 공부하는 사람으로 만들었다. 그렇게 공부가 가진 힘을 알아버렸기에 공부를 멈출 수 없었다.

공부하면 할수록 소름 돋게 만드는 나의 과거의 만행들을 떠올려 보면, 반성조차 사치인 순간들이 너무나 많아 고개가 저절로 숙어질 때가 있다. 어느 날 갑자기 어른이 되고, 엄마가 되어버린 내가 성숙하고 더 나아지는 방법으로 선택했던 것이 공부였다. '공부해서 남 주나? 맞다. 남도 주고 나도 가지려고 하는 거지.' 그게 누구 한 사람을 위한 목적 있는 행위는 아니란 생각이다. 매 순간을 공부하고, 그 공부 머리로 우리 아이들 눈높이에 맞게 상담해 주니 아이들도 그런 나를 보고 싶고, 상담하고 싶다고 자주 찾아와 준다. 공부하는 이유? 그것만으로도 충분하다.

공부하는데 정말 많은 돈이 들어갔다. 지금까지 낸 등록금만 해도 수천은 될 것이다. 하지만 그만한 가치가 있었다고 생각한다. 학교에서 한 공부만 말하는 것이 아니다. 내가 간 학교에서, 지금까지 만난 사람들에게서, 벌어지는 상황마다 배움이 있다고 믿고 있다. 그렇다 보니 공부하고 또 공부한다. 그렇게 새로운 교육 프로그램이 있다고 하면 거리 상관없이 뛰어다니고, 타교육기관 탐방도 마다하지 않고 끊임없이 배우려고 노력한다. 배우고, 학습하고, 적용하기를 반복하면서 더 확실한 나만의 콘텐츠와 비결이 쌓였다. 그것들을 통해서 함께 성장하는 나와 선생님들과 학생들을 보고 있노라면 '내가 이 새로운 학습과 교육 방법을 몰랐더라면 어쩔 뻔했나?' 하는 아찔함도 느낀다.

교육자는 하루라도 배우지 않으면 안된다는 생각을 되뇌며 산다. 그런 나는 교수자이면서 학습자인 셈이다. 원장이면서 학생이라는 그게 나는 너무 좋다. 특히 내가 무슨수를 써서라도 빠지지 않으려고 하는 수업의 장점을 한참 분석한다. 그러면서도 공부가 된다. 내가 훗날 가장 후회하지 않을 것을 꼽자면 '공부'라고 할 것이다. 오늘도 후회 없는 하루를 보내고 있다. 가야금도 배웠고, 코딩 배우려고 등록하며 무엇을 더 공부하고 배울

까? 고민하는 속에서도 학습에 대한 새로운 패러다임을 익힐 수 있고, 5G급으로 변화하는 속도감에 무뎌지지 않을 나를 만들 수 있다.

이제는 직업을 핑계 대지 않더라도 진짜 하고 싶고 재밌어하는 공부라서 놓지 못하는 끈이 되었다. 처음에는 학원생들 마음을 이해하고 싶어 청소년 상담심리를 시작했다. 학생들의 이상 행동은 결국 그들의 부모로부터 받는다는 것을 알고 부모 교육을 위한 성인 상담, 부부 상담, 그 윗세대인 노인 상담까지 공부하게 되었다. 그렇게 다시 영, 유아 공부로 돌아갈 수밖에 없는 연결고리 속에서 신기한 나의 과거와 오늘 그리고 미래를 볼 수 있는 공부를 했다. 이러한 공부 덕분에 학원 선생님들과도 마음과 마음을 담는 노력을 할 수 있게 되다 보니 5년, 10년 장기근속할 수 있는 노하우를 갖게 된 것이다.

입시를 주 종목으로 맡은 나에게 입시 공부는 매해 가장 큰 시간과 공을 들여야 하는 부분이다. 확실한 정보 전달이 이뤄지지 않으면 한 아이의 미래의 첫 단추가 엉뚱한 곳에 껴질 수 있기 때문이다. 새로운 전형이 매년 발표된다. 수많은 입시 전형

중에 내가 알고 있는 수만 해도 몇천 가지인데, 거기에 맞는 학생인지 아닌지도 공부해야 한다. 또 학교에서 작년과 다르게 어떻게 모집요강을 바꿨는지 꼭 알고 있어야 한다. 작년과 똑같은 방식으로 그냥 진행해서는 안된다. 그러니 입시 공부도 매년 안 할 수가 없다. 그런 압박감을 보람으로 바꿀 수 있는 유일한 무기도 공부다. 아이들의 미래를 담보로 게을러질 수 없다. 그렇게 공부하고 또 공부한다. 주위에 모든 것들이 공부로 매듭짓지 않으면 안된다. 그러니 내가 어찌 공부하고 또 공부하지 않을 수 있겠는가?

제3장

포기하고 싶은 순간에는 어떻게 견디는가

1. 나만의 자신감, 상승 노하우 - 김만수

7년 전 학원을 시작하고 처음으로 실패라는 좌절을 맛보았다. 전공은 국어지만 영어, 수학 학원을 운영해 왔었고, 집에서 너무 멀리 떨어진 곳이라 아이들 학습에도 전혀 도움을 주지 못했다. 그래서 이사를 하면서 학원을 옮기기로 마음먹고 전공인 국어 학원을 하려는 계획을 세운 뒤 자금까지 마련해 놓았다. 사실 실패하는 사람들의 공통점은 정해 놓은 순서로 마치 늪으로 발걸음을 옮기는 행위처럼, 일사천리로 실패를 향해 뚜벅뚜벅 걸어간다는 것이다. 정확히 2억+@, 도무지 믿기지 않았다. 그리곤 자존감과 자신감이 뚝 떨어졌다. 아내에게 뭐라 말해야 할지도 막막했고 고개를 들지 못했다 그러던 와중에 중학생을 대상으로 힘없이 수업을 진행하고 있는데, 마침 그날 내용이 '괜찮아'였다. 2002년의 월드컵 4강 신화를 이룬 이면에는 축구 선수들을 응원하는 국민의 뜨거운 함성과 염원이 있었다. 패널트킥을 실축하거나, 볼을 빼앗기거나, 상대 팀으로부터 골을 먹어도 연신 '괜찮아, 괜찮아'를 외치면서 응원을 보내주었다. 선수들의 실력은 하루아침에 바뀌지 않는 것이고, 아무리 히딩

크라는 명감독을 모셔왔다 하더라도 어쩜 그렇게 달라진 대표 팀이 될 수 있었을까? 달라진 이면에는 '괜찮아'라는 응원과 선수들의 할 수 있다는 강한 근성이 살아난 까닭이다. '괜찮다'라는 말은 일상에서 너무 평범하게 쓰는 말이지만, 반면에 그 말은 어려운 상황에서 힘들어하는 이에게 에너지를 불어넣어 줄 수 있는 단어이기도 하다. 시험이 끝나면 결과가 좋은 학생들도 있지만, 그렇지 못한 학생들도 으레 생기기 마련이다. 결과가 좋은 학생들은 말하지 않아도 스스로 자신감을 얻지만, 그렇지 못한 학생들은 풀이 죽기 때문에 그럴 때 가장 적절하게 해줄 수 있는 말이 "괜찮아!"이다. 물론 무턱대고 "괜찮다."라고 하면 그게 오히려 너무 가볍게 보일 수 있다. 정작 학생은 괜찮지 않은데 위로 차원에서 가볍게 남발한다면 무성의하게 받아들일 수도 있기 때문이다. 상황의 원인분석부터 우선한 다음, 향후 대책에 관해 얘기를 나누고 나서 마지막에 "괜찮아!"라고 한다면 학생은 위로의 진정성을 받아들인다. 사업 실패로 자신감을 상실하고 있던 때에 수업 시간에 공부한 내용이 마치 나에게 하는 말 같아서 당시에는 신선한 감동이 마음에 와 닿았다. 언제든지 다시 일어설 수 있는 게 인생이다. 뭔가 집중할 수 있는 것을 찾아야겠다는 생각에 그동안 손 놓았던 공부를 하는 게 좋겠다 싶어 연세대 국어교육대학원에 진학하게 되었고, 2년 반 동안 어려운 상황에서도 꿋꿋하게 헤쳐 나올 수 있었다. 거기서 좋은 인연도 만나고 공부도 열심히 해서 2021년에는 고려대 교육경영대학원에 다시 진학해서 1년간의 과정을 마친 후에는 사업을 실패하기 전보다 훨씬 자신감에 차 있었으며, 뿌듯함을 느끼는 계기가 되었다. 방법을 학업에서 찾았으며, 거기에 집중하다 보니 가르침에서도 좋은 영향을 끼친 것이다. 그 외에도 자신감이 떨어져 있는 것에는 여러 가지 이유가 있다. 정신적인 부분과 육체적인 부분으로 나누어 볼 수 있는데, 육체적인 이유라면 얼마간 쉬면서 충전할 수 있지만, 정신적인 부분은 그보다 어려울 수 있다. 그런 상황에서 벗어나려면 체력을 관리하는 게 가장 기본이다. 체력이 떨어지면 집중력도 떨어지고 스트레스에 노출되기 쉽다. 그래서 조금이라도 생각이 복잡해지거나 힘들어지면 등산을 한다. 등산은 복잡한 생각에서 벗어나게 해주는 동시에 맑고 깨끗한 공기는 몸과 마음을 상쾌하게 만들기 때문이다. 체력이 좋아지는 것은 물론이고 등산하는 동안 스트레스나 번거로움은 다 잊을 수 있기에 금상첨화다. 누구에게

나 시련과 좌절이 올 수 있지만, 어떻게 극복하느냐가 미래를 좌우한다. 일상생활을 하면서도 가끔은 우울한 일이 생기기도 하고, 이유 없이 갱년기처럼 가라앉는 경험을 해보기도 하는데, 그럴수록 자신만의 극복 방법을 생각해 보는 것이 좋다. 첫 사업의 실패로 인한 스트레스와 우울증을 공부로 극복하려고 했던 시도는 지금 생각해도 현명한 선택이었던 것 같다. 그리고 거기서 만났던 다양한 인맥들이 발전의 자양분이 되고 있음에 행복감이 충만해진다. 다른 사람을 위한 위로와 자신을 위한 위로로서의 '괜찮아' 라는 말은 생각보다 큰 효과가 있다.

그리고 어떤 사안으로 인해 판단이 힘들 때는 거리를 조금 두고 판단을 미루는 것도 좋은 방법이다. 바둑 격언에 '모르면 손 빼라' 라는 말이 있다. 바둑돌을 놓다 보면 다음 착점을 하기 쉽지 않을 때가 있다. 어디가 더 중요하고 집으로 큰지 알 수 없는 상황을 말하는 것이다. 그럴 때는 그곳에서 손 빼고 잠시 생각을 접어둔 후 확신이 설 때까지 내버려 두는 것이다. 시간이 약이듯이 시간이 지나면서 해법을 찾을 수 있기 때문이다. 이 글을 쓰고 있는 동안에도 학생들은 1학기 기말고사를 준비하느라고 여념이 없다. 그런 학생들에게 농담 삼아 말하곤 한다. 우리도 수능 만점 받고 인터뷰에서 "공부가 가장 쉬웠어요, 쉬는 시간에 수학 문제 푸는 게 가장 좋아요."라고 말이다. 엄숙하게 말하면 학생들은 '재수 없다'라고 생각할지 모르겠다. 그러나 웃으면서 얘기하면 학생들은 농담으로 받아들이면서도 반복의 학습효과로 인하여 어느덧 본인들의 생각 모퉁이에 자리 잡게 된다. 세뇌 학습을 알게 모르게 하는 것이다.

돌이켜보면 여러 가지 운동이나 취미생활을 해 왔다. 탁구, 사회인 야구, 골프, 바둑 등 다양한 분야에 관심을 가지고 활동해 왔었는데, 그중에서 20살 때부터 곁을 떠나지 않고 동반자 역할을 해온 것이 바둑이다. 함께할 수 있다면 그게 친구이든, 가족이든, 취미든 간에 든든한 배경이 될 수 있다.

지금 힘들거나 어려운 상황에 있는 이들에게 권해드리고 싶다. "괜찮아!"라고 하면서 본인만의 스트레스를 풀 수 있는 다른 무언가를 시작해 보라고 말이다. 그리고 건강한 몸을 만들기 위한 체력 운동 한 가지 정도는 주말을 이용해서 하는 것이 좋으며, 본인에게 맞는 다양한 시도를 해본 후에 최적의 방법을 찾는 것이다. 또 상황이 복잡할 때는 아무것도 하지 않고 거리를 두고 바라보는 시간을 가질 필요가 있다. 자신감은 자신을 상승시킬 수 있는 가장 큰 무기이기에, 하나쯤 갖추어 놓으면 어려움을 해결하는 데 도움이 될 수 있다.

2. 휴식은 필수다 - 정치민

열정과 에너지를 북돋우는 말은 많다. 아니, 널리고 널렸다. 열심히 살아야 하고, 그러면 해낼 수 있고, 그것이 바람직한 태도라고 부추긴다. 마치 자신의 업적을 위해 모든 것을 걸고 불태워야 비로소 성공이라는 목적지에 도달할 수 있다는 듯 말이다. 때로는 성공을 강요당하는 듯한 불편함이 느껴질 정도로 맹목적이다. 이와 반대로 '워라밸', '소확행', '힐링' 처럼 행복과 관련된 키워드나 트렌드가 급부상하고 있다. 각종 SNS에는 무엇을 하며 여가 시간을 보냈는지, 어떤 곳에서 휴식을 즐겼는지 앞다투어 업데이트된다. 그 게시물들을 보고 있노라면 마치 대결에서 진 것 같은 착각이 든다. 허세와 허상에 휘둘린 것도 모른 채 패배자가 되는 것이다. 하지만 눈에 보이는 라이프 스타일을 중요하게 여기는 현상이 현재가 불행하다는 것을 알려주는 반증일지도 모른다고 생각하면 씁쓸하게 이해되기도 한다. 씁쓸한 현실을 증명하듯 여기저기서 번 아웃을 호소하는 사람들도 많아졌다. 우울증은 심각한 병이지만 감기처럼 흔해졌고, 공황장애는 인기 연예인의 명예로운 훈장처럼 보인다. 아마 정신과적 병력이 터부시되던 시대를 지나왔기 때문에 많이 드러났을 수도 있다. 하지만 OECD 국가 중 자살률 1위라는 불명예는 단순히 시대적 가치관이 변했기 때문만은 아니라는 것을 말해준다. 이 모든 사실을 고려해보면 성공하지 못할 목표, 좌절을 겪게 될 미래보다 자신의 피로를 걱정해야 한다는 결론이 난다. 수면 부족으로 몸을 혹사하고, 짜증과 분노를 눌러두는 자기학대가 당연한 희생이라고 수긍하고 있다는 것이다. SNS에 올릴 행복한 자태의 사진 한 장이 없는 것은 불안해하면서, 내 심신의 평안을 내팽개치는 것에 무감각해지면 곤란하다.

하지만 나부터가 스트레스 관리를 잘하는 편은 아니다. 학원을 준비하기 전, 호기심에 찾아간 점집에서 일을 시작하면 일만 생각할 것이라는 점사를 듣고 그 보살님이 얼마나 용한지 단박에 알 수 있었다. 그리고 허탈한 웃음이 났다. 시작하는 시점이라 열심히 하겠다는 의지가 드높은 상태라고 생각했는데, 알고 보니 뼛속까지 일 중독자였다는 뜻이니 말이다. 그래서 여유를 가져야겠다고 다짐했지만, 무엇을 해야 할지 계획이 세워지니 업무가 쌓이기 시작했다. 원래 잘 보이면 무언가를 더 하게 되는 법이다. 집안일도 눈에 들어오지 않으면 답답하지도 피곤하지도 않다. 그런데 흐트러진 빨랫감, 떨어진 머리카락, 덜 닦인 물때가 보이는 순간 'To do list'가 빼곡하게 채워지는 법이다. 물론 새내기 원장의 껍질을 벗기 시작한 2년 차가 생색내기엔 민망한 고생일 수도 있다. 하지만 속세의 기준에 상관없이 정말 고된 시간이었다. 힘들지 않은 군 생활이 없는 이치와 같다고 할 수 있다. 특히 학생들의 특성을 잘 파악하는 능력이 일거리를 더욱 늘렸다. 누군가는 진정한 적성을 찾은 것이라 했고, 누군가는 능력자라 했지만, 이것은 참으로 곤란한 재능이기도 했다. 수치로 나타낼 수는 없는 데이터가 머릿속에 차곡차곡 쌓이니 지도 방식에도 미세한 차이가 생겼다. 그래서 할 일도 많고, 할 말도 많아졌다. 그것은 재원생 정기 상담도 신규 상담만큼 시간을 할애하게 되는 결과로 이어졌다. 게다가 오후 내내 수업하는 조그마한 학원 원장이면서 퇴근과 동시에 육아 출근인 생활 속에 쉴 틈은 틈새 수납장처럼 납작하게 존재했다. 이마저도 신경 써서 꺼내 보지 않으면 존재감이 사라지고 만다.

능력이 있으니 바쁜 것이고, 그러니 잘되는 것이라는 말에 고개를 끄덕였다. 사실 타인의 입을 통해 그 말을 듣기 전에도 스스로 그렇게 생각했다. 할 일이 없어서 어영부영 있는 것보다 바쁜 것이 좋다고 위로했다. 게다가 행복한 고민이나 한다며 스스로 타박하기도 했다. 결론부터 말하자면, 그런 방법은 탁월한 정신 관리법은 아니었다.

이 글을 읽고 있는 당신이 누군지는 알 수 없다. 베테랑 원장들의 문장 속에 좋은 학습 비법을 찾고 싶어하는 학부모일 수도 있고, 학원 운영 준비를 위해 정보를 쓸어 모으고 있는 예비 원장일 수도 있다. 하지만 역할이 무엇이든 간에 성실히 살아내고 있다는 것은 대단한 일이다. 이 책을 읽고 있다는 것 자체가 그 노력을 증명한다. 그래서 한 가지 조언을 공유하고 싶다. 가난하다고 해도 사랑을 알고, 새내기 원장이라 해도 번 아웃을 부를 수 있다는 조언 말이다. 세상에 '설마'는 없다. TV에서나 볼 수 있는 과로사가 멀게는 나의 이웃, 가깝게는 나의 가족, 더 가깝게는 나 자신이 될 수 있다고 자각해야 한다. 내가 운영 1년을 채운 어느 사랑스러운 봄날 겪은 가벼운 번 아웃은 정말 끔찍했기 때문이다. 정확한 원인도 없이 속수무책으로 끌려가는 듯한 답답한 기분은 끝도 없는 진창과 다름없었다. 쉽게 밀리지 않는 거대한 바윗돌과 씨름을 하는 것처럼 나의 패배가 눈앞에 보였다. 바로 '휴식'이 필요하다는 신호였다. 그 신호를 무시하면 정신이 상할 것 같았다. 그래서 용기를 내어 학부모님들과 선생님들께 양해를 구하고 3일을 쉬었다. 그리고 무사히 제자리로 돌아갔다. 고작 3일로 말이다. 거창하게 보낸 것도 아니었다. 그냥 집에서 조용히 혼자 책을 읽고, 교재를 만드는 것뿐이었다. 그런데 그 별거 없는 시간이 힘을 주었다. 한 지인은 이를 두고 용기 있는 선택이라고 했다. 그 말속에서 우리가 얼마나 자신의 휴식에 야박한지 다시 한 번 확인할 수 있었다.

꼭 행복하지 않아도 괜찮지 않을까 싶다. 꼭 화려하지 않아도 괜찮지 않을까 싶다. 하지만 편안한 심신은 필요하다. 나태함과는 또 다른 그 편안함은 생각보다 많은 것을 얻도록 도와준다. 남을 시샘하지 않을 수 있고, 비판에 유연해질 수 있다. 열정의 세기를 조절해주고, 더딘 속도를 너그러이 지켜보게 만들어 준다. 무엇보다 크고 작은 난관에 좌절하며 포기하는 상황은 면할 수 있다. 소중한 것은 눈에 보이지 않거나 존재감이 없을 때가 많다. 부모님의 사랑, 산소, 자부심, 결과 뒤에 숨은 노력이 그렇다. '쉼' 역시 하찮은 존재감으로 뒤로 밀리기 일쑤다. 하지만 결핍되는 순간 걷잡을 수 없는 비참한 결말로 끝나게 된다. 거창한 호캉스가 아니어도 좋고, 화려한 해외여행이 아니어도 좋다. 아이들이 북적대는 거실 옆, 식탁에 갓 내린 커피 한 잔도 쉼이고, 두 다리를 뻗고 얼굴에 시원하게 올리는 마스크 팩도 쉼이 된다. 자잘한 쉼표를 자주 찍어 가는 것 정도는 누구나 할 수 있다. 산소가 공평하게 주어지는 것처럼 말이다. 노래를 부를 때도, 피아노를 칠 때도 쉼표를 잘 지켜야 좋은 소리가 난다. 그러니 자신만의 쉼표를 만들고 더 오래, 즐거이 일과 삶을 모두 지켜내길 응원하고 싶다.

3. 대화, 이해 그리고 공감 - 이혜령

어지간한 힘듦으로는 힘들다고 말하지 않는 편이지만, 삶을 포기하고 싶을 정도로 힘든 순간도 있었다. 사람들은 살면서 누구나 힘이 들어서 모든 것을 포기하고 싶은 순간들이 온다. 사람마다 힘듦을 느끼는 강도가 다른 것처럼, 해결하는 방법도 다양할 것이다. 학원을 운영하다 보면, 아이들과 함께하는 시간이 절대적이다. 예전에 어떤 원장님이 초등부, 중등부를 수업하는 강사는 생각도 늙지 않는다는 말을 하셨다. 그때는 그 말을 이해하기 힘들었고 오히려 반발심이 들었다. 지금은 24시간 중 10시간 이상을 아이들과 대화를 지속해보니 그럴 수 있다는 생각도 든다. 그만큼 어른들과의 대화가 필요하기도 하다. 힘들 때 나를 위로해 주는 것 역시 아이들이지만, 짧지만 강력한 어른들의 대화를 통해 일어나는 힘을 얻는다.

나의 힘듦을 이야기한 적이 있는가? 약점이라고 생각하여 쉽게 이야기하지 않는다. 물론 그렇지 않다고 이야기하는 사람도 있을 것이다. 하지만 포기하고 싶을 만큼의 힘든 일은 쉽게 이야기하기 어려울 것이다. 여기에 답이 있다고 생각한다. 나의 약점이라고 생각해 사람들은 자신의 이야기를 꺼내지 않는다. 나 역시도 그래왔다. 하지만 누구도 표현하지 않으면 알 수가 없다. 상대에게 따뜻한 위로도 이야기가 있어야 가능한 것임을 내가 받아보고서야 느끼게 되었다. 쉽게 꺼내기는 힘든 대화였지만, 어렵게 꺼낸 이야기로 위로를 받는다. 나를 믿어주는 사람이 있음을 느끼게 된다. 그렇게 긍정의 생각을 하게 된다. 아주 작은 긍정의 씨앗은 이 사건을 이겨낼 발판이 된다. 감정을 교류하는 우리는 인간이기 때문이다. 아이들과의 대화도, 나를 믿어주는 사람과의 대화도 매우 소중한 순간이다.

　학원 원장님들을 대상으로 만든 오픈 채팅방인 일등학원연구소에 계신 분들은 모두 온라인 또는 오프라인 학원을 운영하거나, 아이들을 가르치는 일을 하는 사람들이 함께한다. 과목도 예체능부터 상담, 심리, 국·영·수까지 다양한 전공의 원장님들과 함께하며 이야기를 나눈다. 같은 일을 하는 사람들이 모여서일까? 원장님들의 이야기에 서로 많은 공감과 이해를 하게 된다. 가끔 만나게 되는 진상 학부모 이야기부터 아이들의 성적

향상에 관한 이야기, 수업 교수법 등을 나누기도 하는데, 한 번도 만난 적이 없던 사람이라도 서로의 이야기에 공감한다. 가상 공간이지만 누군가를 위로하고 위로받으며, 혼자만 느끼는 감정과 일이 아님을 깨닫는다. 서로가 서로에게 의지도 한다. 힘들면 내게 기대도 된다. 먼저 사랑해 주고 응원해 주고 싶다. 계속 함께할 테니 힘을 내보자. 모두 함께한 이야기들이다.

　사람들에게 힘을 얻었으면, 나의 내면을 되돌아보는 시기도 필요하다고 말하고 싶다. 내가 왜 힘이 드는가? 힘든 일의 근본은 무엇인가? 무엇을 해결해야만 힘듦이 해결되는가? 등 나와의 대화도 중요함을 알게 되었다. 나를 되돌아볼 시간이 필요하다. 귀에 이어폰을 꽂고 걸으며 나와의 사색에 잠기는 시간, 하루를 되돌아보며 나에게 질문과 응원의 메시지를 전하는 시간이 중요하다. 이 시간은 업무를 제삼자의 시각으로 볼 수 있게 한다. 나를 객관적으로 생각하게 되는 시간이다. 세계적으로 성공한 사람들의 공통점은 하루 동안 할 일을 아침에 일어나 적어본다. 하루의 일과가 끝나면 하루에 있었던 일 중 잘한 것과 못한 것을 되새기며, 내일은 오늘보다 조금 더 나은 삶을 살기를 희망한다. 이런 과정들이 나와의 대화를 이끌게 된다. 예를 들어 내가 한 오늘 일 중에 그 일을 왜 하게 되었는지 생각한다. 또 하루 동안의 감정을 되돌아보며 자신과 대화를 할 수도 있다. 부정의 생각보다는 오늘 하루에 감사했던 일을 꼭 되새기는 것이 중요하다. 긍정은 더 큰 긍정을 낳는다. 세상에 감사하지 않은 일은 없다. 하루를 일기로 정리하면서 세상에 당연한 건 없다는 걸 배웠다. 하루를 정리하며 감사일기를 쓰게 되었다.

같은 일이 반복되는 일상, 별다른 재미는 없다고 생각한 일상이 변하기 시작했다. 감사한 마음을 갖자 세상이 달리 보이기 시작했다. 무채색이던 나의 주변이 형형색색의 색을 입힌 것 같았다. 나의 콧속으로 들어오는 냄새도 달라졌다. 그렇게 색의 에너지를 얻어 긍정의 에너지를 뿜고 나눠주고 있었다. 작은 것 하나에도 감사한 마음을 가지게 되었다. 어제 비가 많이 와서 깨끗해진 맑은 하늘을 볼 수 있어서 감사했다. 하늘을 본 순간이, 느낌이 더 명확하게 아름답게 기억되기 시작했다. 순간의 행복을 느낄 수 있다는 것이 얼마나 아름다운가? 세상에 그 어떤 것도 당연한 건 없다. 맑은 하늘을 볼 수 있는 것도, 맛있는 냄새를 맡는 것도 말이다. 태어날 때부터 당연하게 보고, 느낄 수 있었던 모든 것들이 당연한 게 아니라 감사한 일이었다. 감사는 처음에 작은 씨앗이었다. 내가 작은 씨앗을 뿌리면, 나에게 큰 나무가 되어 돌아온다. 감사일기 전에는 내가 받았던 행동에 감사했다. 현재에 감사해하며 행복해한다. 나의 잘못을 되돌아볼 수 있고, 그 속에서 빛을 볼 수 있다.

힘든 시기를 겪고 있나요? 누구나 힘든 시절이 찾아온다. 그 시기를 어떻게 넘기느냐는 자신의 선택이다. 힘든 시기라고 바라볼 것인가? 아니면 주어진 상황에 감사하며 이겨나갈 것인가? 꼭 한 번 감사일기를 써보았으면 좋겠다. 세상을 바라보는 관점과 생각이 바뀌게 될 것이다. 힘듦이 행복으로 바뀌는 경험을 해보길 바란다. 우리는 이미 행복한 세상에 살고 있었다.

4. 두 개의 회사, 학원 그리고 가족 - 형주연

"집이 좋아? 학원이 좋아?"

학원과 가족 중에 무엇이 더 중요하냐는 질문은 나에게 엄마가 좋아? 아빠가 좋아? 똑같다. 학원 원장으로 결혼을 하고 아이들을 낳아서 그런지, 아이들의 육아나 교육에 나름 진지할 수밖에 없다. 첫 수유를 하면서 2시간에 한 번씩 쉬는 시간을 만들었다. 쉬는 시간마다 아들에게 젖을 물리고 수업시간 내내 탱탱 불은 가슴을 안고 원생들과 호흡했으니, 나에게는 학원과 가족 둘 중 하나만 고를수 있는 존재가 아니다. 내 조부모님께서는 서울에서 그 시절 서당을 하셨다. 그 영향으로 아빠도 나의 일대일 선생님으로 시험 기간마다 항상 같이 밤샘 공부를 해주시며 딸 셋 중 막내인 나를 교육자로 점찍어 놓고 키우셨다. 서당이 우리 선조들의 사교육을 담당하고 있었던 교육기관이라는 점을 고려해 보면 참 재미있는 연결이다. 심지어 남편도 학원을 하고 있으니, 진짜 내 가족은 학원과 하나인 셈이다.

학원의 특성상 늦게 시작해서 늦게 끝나기에 아이들을 양육하는 데 있어서 힘든 점이 참 많았다. 다른 직장인들과 달리 오전에는 실컷 아이들과 함께 있어 줄 수 있는 점은 감사했다. 오후부터는 일에 집중해야 하고 늦게 퇴근하는 특성상 아이들 잠자리를 봐주지 못했다. 그런 점에서 아이들에게 빚을 지고 있는 느낌에 매일 밤이 괴로웠다. 월, 화, 수는 시어머니 목, 금, 토는 친정엄마가 아이들을 봐주셨다. 저녁에 육아 도우미분이 퇴근하고 나면 그때부터 독박 육아를 하다 씻기고 책을 읽어 재우시는데, 가끔 두 분의 목소리가 쉬신 적도 있었다. 시어머니보다 더 연로하신 친정엄마가 피곤함에 지쳐 주무시는 모습을 퇴근 후에 보노라면 이게 맞게 사는 건가 하는 죄책감도 들었고, 나의 직장에 대한 회의감마저 들었다. 그러던 어느 날 시어머니께서 "너는 남의 새끼 가르친다고 네 새끼는 팽개친 거냐?" 하시는데 그야말로 '억장이 무너진다'는 말은 이럴 때 쓰는구나 싶었다.

'내가 하는 교육은 그냥 사교육이 아니라 민간 교육이다.'라고 정의롭게 외치며 다음에 정말 좋아서 하는 일이었는데, 정작 시어머니에게 나는 모질고 나쁜 며느리고 내 아이들의 엄마였다. 그날부터 고민하고 있던 그때 '저녁 늦게 수업하는 과목이 아닌 것을 택해 보자!' 생각한 것이 바로 입시 컨설팅이었다. 고등부 수업을 하는 선생님들이라면 누구나 입시제도를 알고 있어서 전문적으로 입문하기가 어렵지 않았다. 오히려 전문적으로 입시에 대해 상담할 수 있다면 기존 학원의 시너지가 몇 배나 오를 수 있었다. 그리고 모든 업무를 내가 주체가 되어 짤 수 있으므로 얼마든지 아들과 딸의 저녁 식사와 잠자리를 봐줄 수 있다는 최고의 상황이 된 것이다. 억장이 무너지게 해주신 시어머님 말씀 덕분에 나의 3번째 직업이 그렇게 생겨났다. 현재 입시학원에 다니는 아이들의 최종 목표는 대학 진학이기 때문에 학원 업무와 무관하지 않았을 뿐더러 기존 학원에 새로운 나의 역할이 더해져 입시 전문학원으로 발돋움하였다.

나의 일상의 모든 계획들의 중점은 학원 업무가 주가 됐다. 아들, 딸을 키우는데도 학원 원장이라는 자리가 연관될 수밖에 없음을 인정하고 나니 일은 더 좋은 방향으로 흘러갔다. 현재는 입시 전문 분야뿐만 아니라 중, 고등학생 진로 진학이라는 부분에서 전문적인 상담사로 자리매김했다. 지금은 여러 학원의 산하 단체로 연구소도 운영 중이다. 내가 만약 결혼하지 않고, 아이를 낳지 않았다면 지금 같은 학원의 모습은 나오지 않았을 것이다. 가족이 있었기에 지금과 같은 학원의 모습이 있고, 학원이 있었기에 지금과 같은 가족 형태를 이루었다고 생각한다. 학원 안에 가족이 있고, 가족 안에 학원이 있다. 과연 내가 결혼을 하고 아이를 낳으며 이런저런 과정을 겪지 않았다면 지금 하고 있는 분야에 눈을 뜰 수 있었을까? 하는 의문이 든다. 원인이 무엇이 되었든 언제나 결과는 학원이고, 그 안에 나의 가족이 존재한다.

외부 강의와 외부 상담, 심리 상담 등 모든 걸 포함하여 저녁 식사 시간 7~9시까지 나의 역할은 부재로 되어 있으며, 학원 수업이 다 끝나는 밤 10시에는 또다시 학원 회의에 참여하는 시스템으로 모든 걸 맞춰 뒀다. 학원도, 가족도 모두 소중하기 때문에 둘 다 해내고자 마음먹고 행동하는 것이다. 잠자리를 봐주고 다시 나와 일을 해야 하기에, 아이들이 조금 일찍 잠들어야 하는 조금의 미안함은 있지만, 그래도 우리가 엄마, 아빠라서 행복한 게 훨씬 많겠지? 하는 마음으로 살고 있다. 아들, 딸에게 오후 시간을 충분히 함께해 주지 못한 부분은 잠자리에 들기 전 딱 30분에서 한 시간으로 채워 낸다. 아이들이 잠결에 해주는 이런저런 이야기들은 너무나 값진 하루의 일상 보고서다. 나 역시도 하루의 피로감을 잠들기 전의 아이들을 꼭 안아보는 시간으로 풀어낸다. 다시 출근해서 수업에 지친 선생님들에게 조금 전 채워진 나의 에너지를 나눠준다. 행여 다른 일정 때문이라도 저녁 미팅에 빠진다고 하면 "안됩니다. 꼭 오셔야 합니다. 안 오시면 진행 안 하겠습니다."라는 말로 나를 또 설레게 해주는 선생들이 있는 곳이 나의 학원이다. 이렇게 그들과 나는, 그리고 내 가정의 아이들과 더불어 에너지를 서로에게 주고 있다.

학원 아이들에게 무엇보다 고마운 건, 수많은 학생을 통해 배우고 익힌 것이 우리집 아이들에게 들려줄 수 있는 체험담이 되었다. 반대로 자식을 낳아 고마운 건 자식이 없었을 땐 몰랐던 학원생 한 명 한 명의 남다른 소중함을 느낄 수 있게 된 점이다. 남편과 나는 학원을 함께 차리고 함께 일궜으며, 지금도 각자 학원을 운영하며 하루하루를 살아가고 있다. 남편은 제일 가까운 멘토이며 가장 힘들게 하는 대표원장이자 어떤 문제든 해결해 주는 홍반장 같은 존재다. 그러기에 나에게 학원과 가족은 하나다. 혹자들은 앞으로 향후 몇 년 안에 사교육 시장이 시들해질 것이며, 공교육으로 충분한 날들이 올 거라고 한다. 내가 생각하는 학원은 앞에서도 말했듯이 민간 교육이다. 몇몇 공교육 속에서 너무 앞서거나 조금 뒤처진 친구들의 손을 잡아줄 보강 교육의 장(場)이라 믿는다. 앞으로도 계속 그렇게 자리 잡아 더욱 튼튼해져야 한다. 학원은 기나긴 하루 중 학생들이 가장 활발할 시간을 길거리에서 헛되이 보내지 않게 해줄 수 있는 가장 가깝고 안전한 기관이다. 그러니 향후 몇 년 안에 어떻게 될까가 걱정되진 않는다. 그때도 나는 내 가정과 함께 멋지게 학원을 운영해 나갈 것이다. 일심동체로 말이다.

5. 자신을 믿는 태도가 중요하다 - 이진선

요즘은 MBTI 검사가 유행이다. 나도 이 검사를 해본 적이 있는데, 판단이 즉각적이고 외향적인 성격을 가진 사람이라는 결과를 받았다. 객관적으로 봐도 이런 성향이 있는지, 주변 사람들은 내가 추진력이 있고 뒤끝이 없다고 많이 말한다. 하지만 지금의 내 모습은 현재까지 사람들과 부딪치며 만들어진 사회화의 결과라고 생각한다.

나는 본래 소심하고 다른 사람들과 부딪치는 것을 몹시 불편해하는 성향을 타고 난 사람이다. 그래서 과거에는 사람들이 하는 말에 상처도 많이 받았고, 남의 시선을 의식하는 경향도 많았다. 그런데 이런 성격을 고쳐야 하겠다고 생각하게 된 일이 있었다. 15년 전쯤 인가, 직장생활을 하면서 너무 바쁜 나머지 김밥을 먹으면서 컴퓨터 작업을 하던 중이었다. 같은 사무실에서 근무했던 동료는 나에게 "유학을 다녀와도 별수 없다."며 무심하게 말했다. 지금에 와서 생각해보면 별것 아니라고 넘어갔을 말인데, 그때 당시에는 예의 없는 동료에게 조롱당한 것 같아 편두통이 생길 정도로 스트레스를 받았다. 그 후 며칠 동안 무슨 의도로 그런 말을 한 것인지 너무 궁금했지만, 물어보지 않았다. 물어볼 용기가 없었던 것보다 나의 물음에 당황해할 상대방이 걱정되었다고 하는 편이 맞을 것이다. 그렇다고 그날 일을 머릿속에서 완전히 잊은 것도 아니었다. 그 후 내 복잡한 감정은 업무 태도에 영향을 주는 상황까지 이르렀다. 일이 손에 잡히지 않아 평소와 다르게 잦은 실수를 하게 되고, 급기야는 직장을 그만두고 싶다는 생각까지 들었다. 그리고 이런 일로 괴로워하는 자신이 하염없이 한심했다. 아마도 스스로에 대한 불신이 동료가 했던 혼잣말에 발화점이 되어 터져버렸을지도 모르겠다.

대학교 졸업만 하면 멋진 인생을 살 수 있을 것 같았다. 하지만 이상과 현실은 너무나 달랐다. 내가 전공한 학과와 관련된 일을 하면서 평생을 살 자신이 없었다. 왜냐하면 내가 전공을 선택했을 때 적성보다는 취업을 염두에 두었기 때문이었다. 결국 특정 회사에 입사하기 전에 나에게 더 잘 맞을 것 같은 직장을 찾으며 시간을 벌고 싶었다. 그러려면 돈이 필요했기 때문에 학원에서 파트타임 강사로 일을 시작했다. 아이들과 같이 있는 것이 생각보다 재미있었다. 심지어 가르치는 직업이 적성에 맞는 것 같았다. 하지만 유학까지 다녀왔는데 학원 강사로 일하고 싶지는 않았다. 무엇보다 학원 강사를 직업으로 삼으려고 부모님께 희생을 강요한 것 같아 죄책감이 들었다. 학원에서 일하는 내내 영어 강사는 잠시 하는 일이라고 생각했다. 그리고 강사로 근무했던 기간 동안 나의 진로에 대해 고민하지 않았던 날이 없었다. 하고 싶은 일과 타인의 시선 사이에서 끊임없이 갈등했다. 그래서 그때부터 내가 뭐라도 제대로 할 수 있는 인간인가 하는 의문이 들었다. 그렇게 내 능력을 의심하는 버릇이 생겼던 것 같다.

그 당시 '오프라 윈프리 쇼'를 종종 시청하곤 했는데 우연히 이런 말을 들었다. "당신의 인생을 이끄는 것은 당신 자신입니다." 수없이 읽어온 많은 도서에서 수백 번 이상 읽었던 문장인데, 왜 그날만 눈물이 핑 돌 정도로 마음을 울렸는지 알 수 없다. 아마도 그날 들었던 그 한 문장이 내가 듣고 싶었던 말이었기 때문이었던 것 같다.

나는 자신감을 높이는 공부를 해야 하는 인간이었는지 《네 안에 잠든 거인을 깨워라》와 같은 자존감과 자신감을 높일 수 있는 주제에 관한 책들을 읽었다. 그 시기에 내가 읽었던 책들은 하나같이 비슷한 내용이었다. 바로 자기 존중감을 높이는 방법이었다. 매일 아침 하루를 시작하면서 자기 자신에게 긍정적인 메시지를 주는 습관을 만들고, 모든 삶의 방향은 내가 가진 마음가짐으로 정해진다는 생각을 놓지 않는 것이다. 결국 자기 자신을 믿는 시선으로 세상을 바라보라는 메시지다. 이미 잘 알고 있는 내용인데, 그때까지 실천하지 못했던 일이었다.

그날 이후부터 지금까지 매일 아침 하루를 시작하기 전, 거울을 보며 혼잣말로 무심하지만 단호하게 "할 수 있다."라고 말한다. "할 수 있다." 이 네 단어는 지금도 심리적 부담을 느끼는 상황일 때 나를 다잡는 말로 무의식적으로 튀어나오곤 한다. 긍정적인 마음을 갖기 시작하면서 생각에도 변화가 생겼다. 아이들을 가르치는 일이 적성에 맞아 학원 강사로 일하기 시작했다면 이 분야에서 최고가 되고 싶었다. 이후에는 영역을 넓혀 사법통역사로 활동하며 외국인 강사들을 위한 강의를 하기도 하고, 강사들을 관리하는 업무도 했다. 학원에 관련된 일이 있다면 급여에 상관없이 맡아서 했다. 급여가 내 능력을 판단하는 기준이라는 생각을 버렸다. 경험을 돈으로 살 수 없다고 생각했기 때문이었다. 그런 시간을 거쳐 지금은 내 이름을 건 학원의 원장이 되었다. 그 후로 지금까지 변해 온 내 모습을 생각해보면 놀랍다. 하루에도 몇 번씩 많은 사람들 앞에서 강의를 하고, 수십 명의 사람들을 만나며 산다. 간혹 예의 없는 사람을 만나도 화가 나기보다 측은해진다.

과거에는 긍정적인 메시지를 말하는 습관이 어떤 결과를 가져올지 알 수 없었다. 하지만 지금 내 모습을 봤을 때, 이런 긍정적인 자기 암시 습관은 나 자신에 대한 믿음을 키워주었다. 가끔은 나는 원래 이렇게 진취적이고 자신감 있는 성격을 가졌던 사람은 아니었을까? 혼자 생각할 때도 있으니 말이다. 아무리 완벽한 성격을 가진 사람이라 하더라도 간혹 실수를 한다. 그리고 아무리 자신감이 넘치는 사람이라도 자신을 의기소침하게 만드는 일에 직면할 수 있다. 하지만 어떤 성향의 사람이든 자신을 믿는 태도를 가지면 삶은 변화한다는 것을 경험했다. 좌절하는 순간이 닥쳤을 때, 그 시기를 이겨낼 수 있다는 자신에 대한 믿음을 갖는 것. 외부의 상황이 나의 감정에 영향을 미치도록 허락하지 않는 것. 그리고 스스로 격려하는 시간을 가졌던 경험이 나를 변화시켰다. 결국 역경의 상황에서 나를 일으켜 세울 수 있는 존재는 나 자신뿐이기 때문이다.

6. 건강이 재산이다 - 허필선

사람들은 온라인 비즈니스에 대해 이렇게 말하곤 한다. "자신이 원하는 시간에 원하는 장소에서 일하면 얼마나 좋을까?" 어느 정도는 맞는 이야기다. 원하는 장소에 원하는 시간에 하고 싶은 일을 하기는 한다. 문제는 원하지 않는 시간에도 일해야 한다는 점이다. 하루 몇 시간만 일하는 것처럼 보이지만 절대 그렇지 않다. 모집부터 운영, 상담, 후기, 관리, 미팅, 공부 등 할 일은 끝없이 많다. 원하는 시간이 아니라 거의 모든 시간에 일해야 한다. 일하지 않을 때조차 일에 관한 생각을 한다. 그렇게 해야 그나마 일이 돌아가기 때문이다. 주말에 일 때문에 전화를 받을 때가 있다. 그러면 사람들은 "주말에 전화해서 죄송합니다." 또는 "주말인데 쉬시지도 않고 챙겨주셔서 감사합니다."라고 이야기한다. 하지만 나에게 주말은 쉬는 날이 아니다. 일을 가장 많이 하는 날이다. 그렇게 하지 않으려고 해도 자연히 그렇게 된다. 워라벨은 다른 사람들 이야기다. 결코 나의 것은 아니다.

매일 쉬지 않고 일하다 보면 번아웃이 찾아오기도 한다. 동종 업계에 있는 사람들에게 번아웃은 연예인 같은 존재다. 모두가 너무 잘 알고 누가 언제 만났다는 소문도 들린다. 번아웃이 찾아오면 정신이 몽롱해지고, 에너지가 방전된다. 손가락 하나 까딱할 힘이 없고, 아무 생각도 나지 않는다. 사람과의 관계도 힘들어진다. 온라인 비즈니스라도 해도 일을 하다 보면, 사람을 만나고 대화하는 일이 잦다. 그래서 사람과의 관계가 힘들면 일의 진행이 더뎌진다. 가능한 일을 줄이고, 꼭 해야 하는 대화와 미팅만 한다. 빠져나간 에너지가 채워지기 전까지는 말이다. 번 아웃을 몇 차례 겪으니, 건강관리를 해야 한다고 생각했다. 그래서 방법을 찾기 시작했다.

우연히 읽게 된 '팀 페리스'의 《타이탄의 도구들》에는 성공한 사람들의 자기관리 방법이 다양하게 소개되어 있었다. 책에 나온 습관 중에서 팔굽혀펴기, 명상, 스트레칭을 눈 뜨자마자 하기로 했다. 그런데 막상 해보니 절대 쉽지 않았다. 팔굽혀펴기가 정말 어려운 운동인 줄 몰랐다. 힘겹게 6개를 했다. 하는 내내 팔이 후들거렸다. 다음으로는 명상을 5분간 했다. 분명 명상은 생각을 비우는 것이라 했는데, 오히려 생각이 더 많아졌다. 오만가지 생각이 들었다. 스트레칭은 최악이었다. 다리를 뻗고 허리를 굽히려 해도 굽혀지지 않았다. 그냥 앉아있는 모습과 별반 차이가 없었다. 척추가 나무토막 같았다. 허리를 조금 굽혔을 뿐인데 허벅지 뒤쪽 근육이 찌릿하며 아팠다. 스트레칭이 아닌 척추의 뻣뻣함을 확인하는 시간이었다. 뭐 하나 제대로 하는 것이 없었다. 첫날 이렇게 3가지 운동을 한 후 '그만할까? 내가 무슨 운동을 하겠어.'라는 생각도 들었다. 효과도 없는데 하지 말자는 생각뿐이었다. 하지만 나는 알고 있다. 효과가 없어서 하지 않으려는 것이 아니라, 아프고 힘들어서 하기 싫었을 뿐이다. 그래도 책에서 좋다고 하고, 성공한 사람들은 대부분 한다고 하니, 계속해 보기로 했다. 3가지 운동을 매일 했다. 신기한 것은 운동에 익숙해지지도, 늘지도 않는다는 점이다. 팔굽혀펴기할 때면 후들거리는 팔을 확인해야 했고, 명상을 하면 생각이 너무 많은 나를 확인해야 했고, 스트레칭을 하면 굳은 척추를 확인해야 했다. 한 달 동안은 그랬다. 그래도 그만두지 않고 쓸데없어 보이는 운동을 하루도 빠지지 않고 매일 했다.

그렇게 몇 개월이 지났다. 이제 조금 나아졌다는 것을 느낄 수 있었다. 팔굽혀펴기는 20개 정도 할 수 있었고, 명상을 하며 머릿속 생각이 사라지는 경험을 10분 중 1분 정도는 할 수 있었다. 스트레칭을 할 땐 드디어 손끝이 발에 닿기 시작했다. 매일의 변화는 거의 눈치채지 못할 정도로 작았다. 하지만 나조차 눈치채지 못하는 작은 차이들이 쌓여 변화를 만들었다. 마치 화살 하나는 부러트릴 수 있어도 여러 개는 부러뜨릴 수 없다는 옛이야기처럼 말이다. 그때부터 '매일 하면 나아진다.'라는 단순한 진리가 나의 학습 원칙이 되었다. 그리고 나의 아침 루틴은 점차 발전했다. 명상 전문과정을 배우기도 했다. 앉아서 하는 명상 외에 먹으면서, 걸어 다니면서, 심지어 잠이 들면서 하는 명상까지 배웠다.

지금은 기본 루틴이 많이 발전했다. 팔굽혀펴기는 한 번에 30~40개 정도 하고, 낮에도 틈틈이 한다. 그리고 플랭크도 추가했다. 스트레칭은 나날이 발전했다. 지금은 스트레칭을 넘어 요가를 하고 있다. 거의 매일 물구나무서기를 한다. 벽에 기대는 것으로 시작한 물구나무서기는 이제 기대지 않고 공중에서 한다. 그리고 다른 몇 가지 동작도 추가했다. 처음에는 로봇처럼 딱딱했던 몸이 이제는 제법 유연해졌다. 그리고 명상은 삶의 일부분이 되었다.

운동을 처음 시작할 때는 이렇게 발전하리라 생각하지 않았다. 하지만 새로운 루틴에 익숙해지는 지루한 시간이 지나니,

정말 많은 변화가 생겼다. 작은 아침습관이 가져온 변화는 육체적 건강만은 아니었다. 명상을 오래 하면서 감정이 일어나는 것을 느낄 수 있었다. 화가 날 때는 화가 일어나는 시작점부터 느낄 수 있다. 감정을 조절하거나, 화에 휘둘리지 않고 흘려보낼 수도 있다. 그래서 아이에게 화내는 경우가 거의 없어졌다. 그리고 알게 된 것은 아이가 잘못해서 혼을 낸 것이 아니라 내가 화를 참지 못해서 아이를 혼을 냈다는 점이다. 명상을 통해 내 안의 화를 흘려보낼 수 있게 되자, 아이를 혼낼 이유가 없어졌다. 화내지 않고 상황을 설명하면 그만이었다. 감정을 통제하지 말고 원하는 감정을 선택해서 내 안에 머물게 할 수 있었다. 사랑하는 감정, 행복한 감정을 유지하고, 나를 갉아먹는 감정은 놓아줄 수 있었다.

나를 좀 아는 사람들은 나에게 이야기한다. '그렇게 일하면 번아웃 온다.' 전에는 주기적으로 번아웃이 왔었다. 정말 모든 걸 내려놓고 싶은 순간이 한두 번이 아니었다. 하지만 이제는 좀 달라진 것을 느낀다. 앞으로 번아웃은 없을 것이다. 지난 몇 년 동안 번아웃이 온 적도 없다.

나를 운동하도록 만든 《타이탄의 도구들》에서는 왜 운동을 해야 하는지, 내가 원하는 대답이 명확히 쓰여 있지는 않았다. 그래서 '운동이 성공하고 관련이 있나?' 하는 의구심도 들었다. 하지만 내가 운동 습관을 만들고 몇 년을 지속해보니 운동을 해야 하는 이유가 명확해졌다. 운동을 해야 하는 이유는 힘든 시기를 잘 이겨내기 위함이다. 힘든 일이 없을 때는 운동을 하지 않아도 별문제가 없다. 하지만 누구나 육체적 또는 정신적으로 힘든 시기는 찾아온다. 평소에 운동을 하지 않는 사람은 그런 순간이 닥치면 무너진다. 그리고 어떤 이는 다시는 헤어나오지 못하기도 한다. 하지만 평소에 꾸준히 운동을 한 사람, 자신을 훈련해 온 사람은 힘든 일이 닥쳤을 때 이겨낼 방법을 안다. 아니면 힘든 일이 처음부터 생기지 않을 수도 있다. 운동은 그래서 해야 한다. 언제일지는 모르지만, 나에게 닥쳐올 힘든 시기를 잘 이겨내기 위해서 운동을 해야 한다. 운동을 한다는 것은 에너지를 저축하는 것이다. 평소에 에너지를 조금씩 저축하면, 힘든 일이 닥쳤을 때 저축한 에너지를 사용할 수 있다.

내가 아침에 운동하는 시간은 15분 정도이다. 그리 긴 시간이 아니다. 하지만 매일 15분씩을 모으면 1년에 90시간 정도가 모인다. 1년간 90시간을 운동에 투자하면, 힘든 일이 닥쳐도 90시간은 견딜 수 있다. 매일 운동하자. 단 5분이어도 좋다. 아침에 일어나 팔굽혀펴기만 해도 좋다. 한참이 지나면 분명 그 효과가 나타날 것이다. 힘든 일이 닥쳐도 툭툭 털어버릴 수 있다. 수렁에 빠졌을 때 나를 꺼내주는 것은 동화줄이 아니다. 동화줄을 잡아당기는 내 팔의 힘이다. 평소 운동으로 에너지를 저축한다면, 어려운 시기에는 저축한 에너지가 재도약의 발판이 될 것이다.

제4장

성공하는 학원은
무엇이 다른가
(자신만의 경영 비법)

1. 삼박자 경영관리(교사, 아이들 그리고 부모) - 형주연

"당신의 꿈은 무엇입니까?" 학원이라고 하면 당연히 학원생들이 먼저라고 생각하기 쉽다. 그런데 아이들을 이끌어 갈 선생님들이 나와 같은 교육철학을 가지고 나와 같은 공간에서 일하고 있으므로, 그 먼저 자리는 선생님이라 생각한다. 채용 인터뷰에서부터 우리의 인연은 시작된다. 가장 진부하면서 가장 새로운 질문, 당신의 꿈은 무엇입니까?

적어도 소중한 원생들이 매일 봐야 하는 선생님들의 꿈에 교육자가 포함되어 있었으면 한다. 다른 직업으로 가는 길목쯤 어딘가의 시간 때우기식 구직이면 우리 아이들은 돈벌이 수단이 될 수밖에 없다. 그렇기 때문에 크든 작든 꼭 교육자가 꿈인 선생님과 손을 잡으려고 노력한다. 학원은 아이에게 지식만 주입하는 곳이 아니라 학원 안에 있는 모든 선생과 학생이 함께 성장하는 곳이 되었으면 한다. 그래서 교육을 하려는 선생님, 무엇이든 배우려는 의지가 있는 선생님들과 함께 일하고 싶고, 일하고 있다.

그 먼저 자리에 있는 선생님들에게 가장 제일로 생각해 주고 싶은 건 생일이다. 나와 함께 학원에 있어 주기 위해 태어나 준 거라며 엄청난 의미를 부여한다. 생일 당사자 외 선생님들은 모두 1만 원씩 각출하여 마음을 보태고, 학원 측에서는 케이크와 나머지 부분을 책임진다. 모두 하나가 되어 노래를 부르고 손뼉을 친 후 선물 증정식을 한다. 이게 어찌 보면 촌스럽고 불필요한 의식일 수 있지만, 15년 넘게 지켜오는 데는 나름의 이유가 있다. 생일선물을 고르는 내가 할 일은 생일 당사자의 관심사나 갖고 싶은 것에 대한 조사인데, 그 덕에 생일을 맞은 선생님의 요즘 니즈를 알 수 있다. "괜찮아요, 요즘 갖고 싶은 게 없어요."라고 할 땐 여기저기 물어보게 되는데, 또 그 덕분에 생일 당사자와 주변 선생님들과의 사이도 엿볼 수 있어서 참 의미 있는 작업이다. 혼자 외롭게 사는 선생님들에게는 찐 선물이 되는 경우도 더러 있었다. 생일 주인공인 선생님들도 작지만 나름의 소속감마저 느낄 수 있다고 하니, 앞으로도 뺄 생각이 없는 우리 학원의 문화다. 모두가 출근한 2-3시쯤 하는 게 일반적이나 가끔 원생들의 등원 후에 생일 축하가 진행되는 때도 있다. 그때는 합창 단원급의 생일 축하 노래를 들을 수 있어 한바탕 작은 축제가 열리는 듯한 기분이다. 물론 케이크를 등원한 학생들에게 전부 뺏기는 부작용도 있으나, '이 맛에 이거 하지……'

우리 학원의 슬로건은 '오로지 학생 중심'이다. 학생들이 없는 학원은 존재 할 수 없기에 너무나 당연한 문구이면서도 매번 '어떤 게 학생 중심이지?' 하고 고민하게 만들어 주는 문구이기도 하다. 첫째, 초등부 친구들에게는 요즘 추세에 맞는 학용품을 줘가며 공부가 재밌을 수 있다는 즐거움을 함께 줘야 한다. 둘째, 중등부들에게는 무엇보다 친구 관계와 진로에 대한 끊임없는 대화로 그들의 헛헛함을 채워주며 공부시켜야 한다. 그 무섭다는 중2병 친구도 관심과 사랑을 듬뿍 주는 내 앞에서는 순한 양이 된다. 셋째, 고등학교 1학년 학생들은 '나는 인서울이 얼마든지 가능해'라고 생각한다. 2학년은 '나는 수도권만 가도 성공'이라고 여긴다. 대망의 3학년이 되는 순간 '내가 대학은 가서 뭐 하나?'(대학은 못 가는 곳, 안 가는 곳) 하는 친구들이다 보니 끝까지 포기하지 않을 수 있도록 멘탈 관리부터 내신 관리, 비교과 관리까지 해줘야 하는데, 이런 것들이 바로 '오로지 학생 중심'이라는 이유다.

아이들의 공부뿐만 아니라 그야말로 '머리부터 발끝까지' 관리를 해줘야 성적 향상까지 연결된다. 아이들을 매일 만나는 우리로서는 사실 눈빛만 봐도 그들의 심리상태를 알 수 있고, 말투만 봐도 심신 상태 체크가 가능하다. 우리 선생님들이 조금만 관심을 두고 살펴봐 주기만 한다면, 아이들이 마음 붙일 곳이 되어주는 나름의 비결이 있다. 원생 수가 많다 보니 모두를 챙길 수는 없다 해도 가능한 한 명 한 명 특이사항을 확인할 수 있도록 전체 회의를 통해 꼭 알아두려 노력한다. 학생들에 대해서는 상황, 상태보고 형식으로 진행하며 관리하고 있다. 학생은 나름의 이유가 있어서 바닥을 보고 걷고 있는데, 그런 학생을 챙기고 싶은 마음에 '남자가 어깨 펴고 다녀야지.' 했다가는 서로 불편한 결과를 가져올 수 있다. 어설픈 충고나 챙김보다는 가벼운 눈인사가 더 위로가 되는 경우도 많다. 가벼운 농담을 던지기 전에 아이들의 특이사항에 대해서 먼저 알고 난 후 말도 조심스레 건네는 학원이라 '오로지 학생 중심'이란 말이 걸맞다. 그리고 부모, 요즘 하는 말로 '어쩌다 어른' 처럼, 어쩌다 부모, '나도 엄마(아빠)가 처음이야.' 사실 가장 배려받지 못하고, 가장 위로받지 못하는 포지션이다. 돈은 돈대로 쓰고, 애도 쓰고, 시간도 쓰고, 마음까지 쓰고도 부모 마음대로 되지 않는 자식의 성격, 성적, 성공. 나도 부모이지만 아이들 교육과 양육방식에는 정답이 없다고 생각한다. 그래서 막막하기가 끝이 없어서 끊임없이 공부하는 이유 중 하나이기도 하다. 그래서 '같이 공부해 봅시다!' 하는 마음으로 '인성 맘 프로젝트'를 열어 부모님도 입시 전문가가 될 수 있고, 학습 코칭을 할 수 있고, 자녀와 대화하는 방법도 배울 수 있는 주제로 간담회나 하루 특강들을 열어 소통하고 있다.

수업을 하면 할수록 '아! 우리 부모님들도 참 창의적이고 열정적이며 순수하시네'.라는 것을 많이 느낀다. 나 역시도 인성 맘 수업시간을 통해 많은 것을 배우고, 느끼게 된다. 지적 욕구가 남부럽지 않은 분들조차 자식에게 양보하며 정말 많은 시간과 경제적 투자를 하고 계시는 걸 엿볼 수 있으니, 나 역시도 그 시간만큼 최선을 다해 그 에너지와 정보를 2배, 3배 채워드려야겠다는 생각을 많이 한다. 학생들의 성적을 가지고 밤을 새워서 고민하는 선생님들과 또 그러한 선생님 들을 위한 선물을 고민하는 원장이다. 자녀의 성장을 기원하며 부모교육에 참석하

는 부모와 그런 부모님들의 손을 잡고 성장하는 원장, 삼박자가 척척 맞아 행복한 곳이다. '나의 학원!'

2. 친절과 환경은 경영자의 책임 - 김만수

한번 무언가에 빠져들면 거기에 매진하는 성격이어서 골프를 배운 지 2년 남짓 되었지만, 스크린 골프장에 살 만큼 푹 빠져 지내고 있다. 처음만큼은 아니더라도 자주 가는 편인데, 필드에 나갈 때나 수업을 받으러 가 보면 여러 가지 느끼는 소회가 있다. 총 3분 정도 프로님으로부터 수업을 받았는데, 처음에는 프로님이 약간 다혈질적인 성격이고 사람에 대한 부정적인 평가를 종종 하곤 해서 불편한 마음을 가지고 수업에 임했다. 코로나로 인해 수업이 중단되는 상황이 반복되면서 첫 번째 수업은 자연스레 끊어졌고, 얼마 후에 두 번째 프로님에게 수업을 받게 되었다. 나는 원래 사회인 야구를 할 때 왼손잡이로 치는데, 골프를 오른손잡이로 치려니 허리와 골반이 잘 돌아가지 않고 자세가 어색해서 힘들다고 어필해 봤다. 돌아오는 대답은 다소 답답하다는 어조로 프로님 자신도 원래 야구 선수였고 왼손잡이인데, 골프는 오른손으로 쳐서 지금에 이르렀단다. 그것으로 대화는 끝이다. 아쉬움이 남는 대목이다. 본인도 골프를 처음 접할 때 불편한 부분이 있었을 텐데 심리적, 육체적으로 그것에 관한 설명이 없었다. 그저 자신도 그러했으니 따라오라는 것이다. 3개월 수업을 등록했는데 힘겹게 채운 후 바로 수업을 중단했다. 그 후 독학을 한다고 열심히 스크린 골프장과 필드를 오갔던 기억이 난다.

그러던 중 수업에 대한 기대는 접고 있었는데, 예전부터 함께 골프를 배우자고 했던 아내가 한동안 반응이 없더니 갑자기 골프를 배우겠다고 한다. 그리고 나서 혼자 수업받기가 좀 어색하니 함께 하잔다. 그렇게 세 번째 수업이 시작되었고, 프로님에게 필드에서 드라이브는 비교적 중앙으로 정확하게 가는데 짧은 거리의 게임이 어렵다는 등 구체적인 상황에 관해 질문하니 매우 친절하게 답변해 준다. 스텝부터 손목 각도와 오르막에서의 훅이 잘 나오는 환경 등 귀찮을 정도로 이것저것 물어봐도 웃으면서 부드럽게 대답하는 프로님의 모습에서 비로소 제대로 된 스승을 만난 기분이다. 한편 필드에서의 캐디님 사례를 보면, 어떤 캐디님은 시원시원하게 고객의 비위를 잘 맞춰서 이 것저것 잘 챙기는 데 반해 어떤 캐디님은 무표정한 모습으로 시종일관 웃음기가 없다. 간혹 굿 샷을 해주지만, 고객인 우리가 비위를 살짝 맞춰야 할 상황인 것이다. 또 어떤 캐디님은 OB나 헤저드가 났을 때의 처리 과정에서 합리적이면서도 융통성이 있게 처리하는가 하면, 어떤 캐디님은 멀리건을 남발하고도 타수를 제대로 기록하지 않아서 공정한 경기를 진행하지 못해 분위기를 망치는 경우가 있다. 가르치는 사람은 배우는 사람의 마음을 읽고 불편하지 않도록 하는 것이 기본적인 자세이다.

보기보다 마음을 읽는다는 것은 쉽지 않지만, 그래도 사람을 대하는 직업을 가진 사람은 친절이 몸에 배어 있어야 하며, 고객이 불편하지 않도록 하는 지혜가 있어야 한다. 또 학원의 색깔을 강조하고자 경직된 원훈을 고집해서 시간이 지날수록 힘들게 느껴지는 학원들을 볼 수 있다. 어려워진 상태에서 나오는 친절함은 비굴하면서 처절하기까지 하다. 원칙과 융통성 사이에는 애매하거나 혼란스러운 부분도 있지만, 둘 사이에서 확실한 선을 그어 명확하게 해주는 것이 리더의 역할이자 임무인 것이다. 리더가 분명하게 처신해야 밑에서 일하는 직원인 강사도 선명함을 드러낼 수 있는 것이다. 누군가 이렇게 얘기한다. 파란색과 빨간색을 1대1로 섞으면 보라색이 되지만, 빨간색이 100개 있는 곳에 파란색이 1개 들어와도 보라색이 되지 않는단다. 당연히 반대의 경우에도 같은 결과가 나온다. 빨간색이든, 파란색이든 색을 결정하는 것은 리더인 학원장의 판단과 결정에 달려 있다. 그러나 색깔이 정해지면 그 색깔이 섞여서 다른 색으로 변색 되지 않도록 환경을 잘 설정해 주는 것도 학원장이 해야 할 일이다. 어정쩡한 색깔을 간직한 채 새로운 직원이 다른 색을 발산하면 뒤섞여서 무슨 색인지도 모를 정도로 변하는 경우는 피해야 한다. 30대 초반에 공부방부터 시작해서 여러 학원을 거친 후 지금에 이르러서야 할 수 있는 이야기지만, 처음에는 혈기왕성한 기운에 사람 사이의 조화로움보다는 목표 설정에 따른 전진이 우선한 경우가 있었다. 학원장이 이런 목표를 강하게 앞세우니, 인간적인 의리보다는 2차적인 딱딱한 관계 설정에 강사들의 이직률이 잦았다. 그래서 원래의 본성을 지켜서 목표 설정은 차치하고 강사들과의 조화에 역점을 두어 인간적으로 대하려고 노력했더니 이직률도 낮아지고 분위기 또

한 훈훈해졌다. 두 가지 사이에서 적절한 해법을 찾아 과업 수행을 달성하는 한편, 강사들과의 유대감을 돈독히 할 수 있도록 해야 하는 점에서 젊은 시절의 학원 운영은 노하우가 부족했다.

오랜 시간이 지난 뒤에 지금의 모습에 이르렀고, 아직도 꿈꿔왔던 학원의 모습과는 거리감이 있어 아쉬움은 남지만, 다른 사람들과의 유대감을 바탕으로 한 성장은 눈여겨볼 만하다.

학부모님이나 학생들을 대하는 강사들에게 무조건적 친절함을 강조하지는 않는다. 자연스러운 친절함은 상대방을 기분 좋게 해주기에 노력하자는 말을 하지만, 때로는 사람인지라 통제하기 힘든 상황이 되면 화가 나거나 흥분하기 마련이다. 그럴 때는 마음을 가라앉히고 조용한 뒷수습이 필요하다. 사업은 안 좋은 일이 크게 불거지면 좋을 게 없기 때문이다. 기본태도나 학습 역량이 부족한 학생이 있으면 상담 때 전달했던 여러 가지 원칙들을 내세우며 여러 차례 조용히 설득하고, 충분히 이해한 상태에서 일을 처리하자는 것이다. 친절함이 배인 강사, 오랫동안 근무하고 싶은 학원의 환경은 학원장의 운영 목표나 방침에서 나오기 때문에 처음 시작할 때부터 분위기를 잘 조성해 가는 것이 중요하다. 남에 대해 부정적인 평가를 하는 프로, 어려움을 호소했을 때 일방적으로 자기주장만 했던 프로, 대충 경기를 운영하며 불공정함으로 눈살을 찌푸리게 했던 캐디 같은 이가 나오지 않기를 바란다면 말이다. 분위기의 조화로움과 매끄러운 일 처리를 바탕으로 한 자연스러운 친절함은 학원 운영에 필수적인 요소다.

3. 목표 설정 및 관리 - 이진선

1학기 기말고사를 치른 후 중/고등부 원생들이 하나둘씩 성적표를 가져왔다. 고등부 원생 중 두 명이 영어에서 전교 1등을 차지했다. 중등부에서도 수행평가와 지필고사를 만점 받은 아이들도 있었다. 이런 성적표를 받을 때면, 개원 초기 전교 1등을 배출하기 위해 노력했던 것이 생각난다.

학원 외벽에는 광고 현수막을 게시할 수 있는 공간이 있다. 학기마다 그 게시판에 어떤 내용을 게시해야 사람들의 관심을 받을 수 있을지 고민했다. 주변에 있는 학원들은 수능 직후 대학입시 결과를 게시했고, 유명 대학 합격을 이용한 광고들은 학부모들의 눈을 사로잡기에 충분했다. 나도 유명대학에 합격한 원생들을 배출했던 적이 있다. 하지만 소위 SKY에 합격하는 학생들은 전체 과목을 다 잘하는 경우가 많았기 때문에 오직 입시결과만을 가지고 광고한 적은 없다. 마치 아이들이 쏟은 노력에 숟가락을 얹어놓는 것 같은 생각 때문이었다. 그래서 입시 결과 대신 수준별로 목표를 주고 1년에 최소 1회 정도는 영어 공인시험을 치르게 하고 있다. 이런 노력이 지속되면서 지금까지 수십 개의 현수막을 게시해 왔다. 때로는 주최 측 명예의 전당에 오른 적도 있고, 통/번역 시험에서는 전국 일등의 기록을 세우기도 했다. 이렇게 주변에서는 따라오기 힘든 기록을 쓰고 있고, 지금도 방학이 되면 끊임없이 새로운 기록에 도전하고 있다.

이런 일이 혼자만의 노력으로 가능했을까? 아니다. 어떤 분야이든 결과를 내려면 도전해야 한다. 그렇다면 이렇게 끊임없이 도전하게 하는 가장 중요한 요소는 무엇일까? 바로 아이들이 가진 비전이다. 10년이 넘는 시간 동안 가장 힘을 쏟은 영역이 있다면, 아이들에게 비전을 심어주는 일이었다. 우수한 시험 결과의 7할 이상은 아이들의 노력이며, 이 과정은 강제로 되지 않는다. 토플 시험이나 통/번역 시험을 대비할 정도의 실력이 있으면 영어가 정말 재미있고 신나는 과정은 아닐 것이다. 주제가 어려운 비문학 지문을 읽을 때는 난생처음 보는 단어가 돌멩이처럼 툭툭 튀어나와 당황하기도 한다. 가끔 시험 경험이 많지 않은 아이들은 너무 긴장한 나머지 머릿속이 새하얘지는 경험도 한다. 비록 공부를 한다는 행위가 인내심을 키우는 과정에 도움을 준다고 하더라도 목표가 없다면 포기하고 싶을 만큼 지루한 과정이 되기도 한다.

그렇다면 자신의 목표를 갖게 하는 방법은 무엇일까? 나는 '내면화'라는 단어를 좋아한다. 일부러 생각하지 않아도 알고 있는 상태. 누가 시키지 않아도 스스로 행동할 수 있는 사람으로 만드는 과정이 포함된다. 학습 목표 내면화 전략은 입학 원서를 쓸 때부터 시작한다. 아이가 어떤 목표가 있는지, 그리고 그 목표를 이루기 위해서 하루에 얼마만큼 학습을 해야 하고, 어떤 결과를 내야 목표 달성이 가능한지 첫 만남 때부터 대화한다. 아이가 어떤 학제에 있든지 상관없다. 초등학생이면 초등에 맞게, 중등이면 중등에 맞게, 고등이면 고등에 맞게 진학 로드맵을 이용해 진학 과정을 그려준다. 그리고 이전에 있었던 원생들의 입시 결과를 보여주면서 자신감을 심어주기도 한다. 우리가 공부해야 하는 이유에 대한 나의 경험담은 덤이다. 그리고 꾸준한 학습 훈련을 통해 자기 주도가 가능한 실력을 만드는 데 가장 신경을 많이 쓴다. 나는 단체로 하는 반별 수업보다 개인 코칭을 더 선호한다. 필요한 부분만 코칭하여 실력 향상이 가능하려면, 그 이전에 많은 학습량의 인풋이 있어야 한다. 교육은 양보다 질이지만, 질적 향상은 엄청난 학습량을 바탕으로 하기 때문이다. 이런 학습 과정을 유지할 수 있었던 이유는 지금까지 해온 학습 루틴에 있다. 학원을 들어오는 순간부터 반드시 해야 하는 일들을 순서로 만들어 놓는다. 오늘의 학습 일정이 잘 마무리되었는지 스스로 확인하게 하는 것이다. 각자 이름과 입실 시간을 적는 것부터 시작해서 모든 레벨의 학습 순서는 똑같이 설정한다. 과목에 따라 레슨 플랜에 일정을 미리 정해주고 완료된 일정은 학습 일지에 표시하거나 과제를 표시하는 등 모든 것을 일련의 순서로 만들었다. 이렇게 학습을 확인하게 하는 훈련은 스스로 공부 계획을 세우는 데 도움을 주었고, 학원에서는 혹시라도 놓칠 수 있는 학습관리가 수월했다. 개별 코칭을 강조하는 커리큘럼의 특성상 아이들의 학년에 따른 학습량에 한계를 두지 않는다. 초등학생이라도 잠재력이 보이고 또 그들이 원한다면, 상황에 맞게 학습량을 늘려 그들이 가진 목표에 조금 더 빨리 도달할 수 있도록 하고 있다. 학원에서 커리큘럼에 따라 공부하는 시간 동안 칭찬, 지적, 피드백 등 온갖 상호작용들이 생긴다. 이 때문에 거의 모든 학습은 원내에서 소화하도록 했고, 집으로 가져가는 과제는 단어 암기와 같은 독립 학습이 가능한 영역만 할당해 주었다. 아이들이 가장 편안함을 느껴야할 집에서 과제 때문에 부모와 트러블이 생기는 일을 차단하고 싶었기 때문이다. 그래서 학부모님들께는 아이가 집에 들어가면 "수고했다", "잘했다"와 같이 칭찬만 해주시라고 말씀드린다. 개별 상담 시 간혹 집에서는 공부하는 꼴을 못 본다고 푸념 섞인 말을 하시는 부모님들도 계셨다. 하지만 아이들이 치른 시험 결과를 확인하신 후 그런 염려는 사라졌고, 때로는 외벽에 걸어 놓은 현수막에 새겨진 자녀의 이름을 사진 찍어 주변에 자랑했다는 경험을 들려주시기도 했다.

나는 아이들의 향상된 실력은 결과로 증명할 수 있다고 생각한다. 이런 이유 때문에 학습 태도나 교과 진행에 특별한 문제가 있는 경우가 아니라면 잘 따라가고 있다는 일률적 메시지를 전하는 상담 전화는 줄이는 편이다. 얼마 전에도 웃지 못할 에피소드가 있었다. 오랜만에 개별 상담 전화가 가능한 시간을 여쭤보는 단체 메시지를 보냈다. 답변을 받은 시간을 기준으로 순차적으로 상담전화를 하기 시작했다. 열 분 중 여덟 분의 어머님들께서 말씀하셨다. "혹시 우리 애가 학원에서 뭘 잘못했나요……?" 상담 요청 문자를 받으시고 아이를 불러 학원에서 무슨 잘못을 했냐고 물어보고 있는 와중이라고 하셨다. 그냥 어머님과 대화하고 싶어서 전화 드렸다고 했다. 수화기 너머로 안도의 한숨이 들렸다. 상담보다 수업 자료를 준비하는 데 시간을 더 쏟는 나의 운영 방식이 때로는 못마땅하셨을 수도 있다. 이런 상황에 대비해 궁금증이 생길 수 있는 부분에 대해서는 언제라도 메시지 또는 SNS로 소통하고, 질문에 대한 답변은 최대 2시간을 넘기지 않으려고 한다. 대부분 사람들이 화가 나는 포인트는 기약 없이 기다리는 답변 때문이라는데, 이런 문제의 해결책으로 언제라도 통화가 가능한 상담실을 두어 소통 창구를 열어두고 있다. 그리고 혹시라도 즉각적인 대답이 힘든 경우에는 연락할 수 있는 시간대를 전달해 학부모가 기다림에 지치지 않도록 최대한 노력한다.

관리든, 학습이든 더 특별한 것을 하려고 하기보다 기본을 놓치지 않으려고 노력해 왔다. 정해진 학습 목표 아래 아이들이 비전을 가지고 도전하도록 동기부여하는 것은 필수 사항이다. 가시적 목표를 달성한 후 그다음을 위한 목표도 끊임없이 연구하고 고민한다. 우수한 시험 결과가 한 명의 뛰어난 그 누군가의 결과가 아니라 다수의 기록이 되도록 실행해 왔다. 나는 원생들이 이뤄낸 성장에 같이 기뻐하고 때로는 결과에 대해 반성도 한다. 원생들이 이룬 결과는 나의 결과와 마찬가지이기 때문이다. 우리는 목표를 공유하고 같이 고민하고 성장해 왔다. 이제는 아이들의 실력이 성장하는 만큼 나도 그리고 나의 목표도 자라고 있다고 자신 있게 말할 수 있다.

4. 마케팅은 이렇게 - 이혜령

학원에 대해 원장님들이 자주 하는 이야기가 있다. "내가 이렇게 열심히 하는데 사람들이 몰라요." 그런 모습을 보면 안타까웠다. 남 얘기처럼 들리지 않았다. 나 역시도 학원을 운영하면서 '아이들과 소통하고 수업을 잘하면 된다.' 라는 생각이었다. 하지만 그것이 전부는 아니다. 내가 아무리 열심히 해도 아이의 부모님에게 그대로 전달되기는 힘들다. 내가 아이들의 성적향상과 인성 성장을 위해서 어떤 일을 하고 있고, 기본 시간 외에 얼마나 많은 시간을 더 사용해서 특강을 하고 준비를 하는지 알려야 한다. 새벽 3~4시까지 연구하고 잠이 들면서도 알리지 않으면 아무도 모른다. 사람의 마음은 감정에 따라 움직이고, 나를 알리려면 감정을 움직이게 해야 한다. 그래서 내가 하는 행동을 알려야 부모님도, 다른 사람도 나를 이해하고 믿어준다. 이렇게 나를 알리고 내 학원을 알리는 것이 마케팅의 시작이다. 작게는 아이를 보내고 있는 부모님에게 알리는 것이고, 나아가서는 아이를 보내지 않은 부모님에게도 알리는 것이다. 마케팅은 없는 것을 만들어 홍보하는 것이 아니라 내가 이미 잘하고 있는 것을 사람들이 알 수 있도록 하는 것이다.

　나도 처음에는 아이들이 워낙 즐겁게 학원에 다니고, 어머니들도 소개를 많이 해주시니까 다 괜찮고, 잘되고 있다고 믿었다. 하지만 코로나 팬데믹이 시작됐다. 대다수 학원이 직격탄을 맞았다. 우리 학원도 예외일 수는 없었다. 우리 학원은 특히 저학년 아이들이 많아 그 충격이 더욱 컸다. 등원이 어려운 아이들을 위해서 줌으로 온라인 수업으로 대체했지만, 어린 친구들에게는 그마저도 쉽지 않았다. 다른 대책이 필요했다. 여러 가지 시도를 해봤지만, 내가 알고 있는 것만으로는 상황을 타개하기가 힘들었다. 내가 알지 못하는 방법을 배워야 한다는 생각이 들었다.

　그때부터 마케팅 관련 책을 미친 듯이 읽었다. 국가, 저자 상관없이 유명하다는 책은 모두 읽었다. 대략 100권은 본 듯하다. 수많은 책을 보고 알게 된 것은, 우리는 이미 마케팅 속에 살고 있었다는 점이다. 내가 인식하지 못했을 뿐이었다. 우리가 사는 자본주의는 마케팅으로 자본을 움직이는 사회였다. 눈에 보이는 모든 것에 마케팅이 들어 있었다. 스타벅스에도 거대한 마케팅이 숨어 있다. 스타벅스는 브랜딩의 색부터 메뉴판 설정, 시즌별 인테리어 변화도 다 마케팅의 일환이었다. 또한 애플처럼 거대한 그룹이 제품을 출시하면서 가격 라인을 여러 개로 나눈 것에도 이유가 있었다. 이렇게 마케팅에 대한 지식을 하나씩 쌓다 보니 마케팅을 내 사업에 어떻게 적용할지 알게 되었다.

당시 코로나로 인해 학원 수업은 모두 줌으로 대체했다. 내가 있는 지역의 학원뿐만이 아니라 온 나라에서 오프라인 수업이 사라졌다. 차라리 잘됐다 싶었다. 위기가 축복이라는 말이 나에게 움직이라고 하는 것 같았다. '수업도 없고, 시간도 많은데 새로운 시도를 해보자.' 라는 생각이 들었다. 인터넷으로 우리 학원을 알리기 시작했다. 책으로 배운 내용을 실제로 적용해 보니, 생각보다 쉽게 좋은 결과가 나왔다. 성과가 나오니 더욱 재미있었다. 정말 큰 효과를 보게 되니 나 혼자 알고 있기에는 아깝다고 생각했다. 나처럼 마케팅이 막막한 원장님들 대상으로 알려주면 좋겠다는 생각이 들었다. 함께하기 위해 단톡방을 만들기로 했다.

일등학원연구소라는 단체 카카오톡을 방으로 만들었다. 인터넷상에서 만난 원장님들을 대상으로 매주 일주일에 한 번 강의를 했다. 네이버 블로그 마케팅부터 시작했다. 블로그 기초반을 만들어 블로그를 처음 사용하시는 분을 위한 강의도 했다. 네이버에 블로그를 개설하는 방법, 글을 올리는 방법, 학원 블로그에 필요한 글은 어떤 것인지, 클릭하고 싶은 블로그 만들기 등 블로그에 관한 강의를 지금까지도 하고 있다. 그렇게 원장님들을 위한 온라인 학원이 생긴 셈이다. 코로나로 인해 어디 가기도 힘들고, 사람을 만날 수도 없는 시기에, 내가 가진 것을 나누며 공통관심사를 공유할 수 있는 것이 좋았다. 함께 어려움을 헤쳐나가는 모습은 정말 뜻깊고 값진 시간이었다. 강의하면서 더 도움을 받은 것은 사실 나였다. 내가 정확히 모르던 내용도 강의를 위해 연구했다. 강의를 할수록 마케팅 방법을 더 잘 이해할 수 있었다. 혼자였으면 불가능했을 일이다. 스노우 원장님, 제니퍼 원장님, 써니 원장님, 모리 원장님, 지대로 원장님, 라이언 원장님 등 많은 분의 도움으로 함께할 수 있었다. 서로의 끈끈함도 확인할 수 있었다. 그렇게 학원에 관련된 경영 습득과 함께 많은 기술도 습득하고 체득하는 시간을 만들어 갈 수 있었다.

강의를 듣는 대부분의 원장님이 생계형 원장님이었다. 열심히 해야 하는 저마다의 이유 있었다. 내가 이런 간절한 분들에게 도움이 될 수 있다고 생각하니, 그 자체만으로도 특별한 보람이었다. 귀하고 값진 시간이었다. 강의가 끝나고 원장님들에게 "감사합니다."라는 말을 들을 때면, 다음엔 어떤 부분을 알려 드려야 도움이 될까? 하는 생각도 많아졌다. 오후에는 아이들 수업으로 고민을, 밤에는 원장님들의 경영 수업으로 일 년 이상의 시간이 순식간에 지나갔다. 마케팅의 여러 기술 중 하나인 영상 기술을 배우기 시작했고, 점차 나날이 원장님들을 대상으로 한 수업을 하면서 발전하는 나의 모습도 발견할 수 있었다. 강의의 가장 큰 수혜자는 바로 나였다

마케팅 공부를 본격적으로 시작했다. 마케팅에 유명한 교수님을 찾아갔다. 대학에도 등록하고, 영상 제작을 배우기 위해 새벽까지 연습도 하고, 빅데이터 활용을 위해 서울대, 카이스트 교수님에게 수업을 받기도 했다. 우리 '일학연 단톡방' 원장님들에게 더 좋은 정보를 전달하고 싶었다. 지식에 대한 호기심이

나를 더욱 성장시켰고, 더 좋은 강의를 할 수 있도록 만들었다. 코로나로 인해 잃은 것도 있지만, 그만큼 성장을 한 건 분명했다. 그래서일까? 지금은 학원뿐 아니라 다른 타 업종에서도 마케팅에 관련된 것을 비롯하여 브랜딩에 관한 개인 일인 사업자에 대한 브랜딩 의뢰가 들어온다. 늘 새로운 일은 나를 흥분시키기 충분했다. 노는 법을 모르는 나는 새로운 일을 하는 것이 노는 것이다. 좋아하는 일을 하면서 돈을 버는 지금, 나는 가장 행복한 시간을 보내고 있다.

마케팅이라고 어려운 것이 아니다. 사실 나도 마케팅 분야의 1위 전문가는 아니다. 하지만 확실한 건 아무리 값진 다이아몬드가 있어도 땅속 깊이 있으면 아무도 알지 못하고, 귀한 진주는 진흙 속에 묻혀 있으면 찾을 수가 없다는 점이다. 땅 위에 올려져 있어야 한다. 눈에 보여야 다이아몬드인지, 진주인지 알수 있다. 마케팅이란 이미 존재하는 것을 꺼내 잘 보이는 곳에 올려두는 것이다. 이것이 마케팅의 핵심이다.

5. 회원 관리 노하우 - 허필선

어떤 프로그램이든 잘하는 사람이 있고, 따라오기 힘들어하는 사람이 있기 마련이다. 프로그램이 아무리 좋아도 참여하는 사람이 중도에 포기하거나 성과를 만들어 내지 못한다면, 그 프로그램은 좋은 인상을 남기기 힘들다. 게다가 자신은 포기했는데, 다른 사람들은 잘 해낸다면 부러움과 실망감이 겹쳐 프로그램 자체가 좋지 않다는 인상을 남길 수 있다. 그래서 프로그램은 참여자가 끝까지 완주할 수 있도록 하는 데 초점을 맞춰야 하고, 중도에 포기하지 않도록 하는 장치를 프로그램에 심어놔야 한다.

우선 직함을 만들어 주는 것이 도움이 된다. 팀장, 실장 등 직함을 가지고 있는 사람은 성공할 확률이 높아진다. 직함이 있다는 것은 자연히 책임감을 느끼게 하기 때문이다. 그리고 직함에 따라 해야 하는 일이 참여자의 미션과 관련이 있는 일이라면 더욱 그렇다. 직함을 가진 자의 할 일이 미션 내용을 취합하는 일이라면, 자신의 미션을 수행하지 않고서 다른 사람의 미션을 취합하기는 힘들다. 하기 싫은 날 그냥 넘어가려고 해도 자신이 취합하는 사람이기에 어쩔 수 없이 미션을 수행하게 된다. 해야 하는 일은 아주 작은 것이어도 상관없다. 아니 오히려 아주 쉽고 작은 일이면 더 좋다. 할 일이 많으면 부담을 느끼거나, 하기 싫어질 수 있다. 오히려 작은 일을 부여하면 부담감은 낮추고, 책임감과 성취감은 높여주는 효과가 있다. 직함을 주고 미션 관련 일을 배정하면 대부분이 프로그램에서 낙오되는 일 없이 미션을 수행하고, 다른 사람의 미션까지 관리한다. 최대한 많은 사람에게 직함을 주어보자.

직함을 아무리 많이 주려고 해도 일부 인원에 국한된다. 그렇다면 직함이 없는 사람에게는 어떻게 하는 것이 좋을까? 내가 자주 사용하는 방법을 소개한다. 첫 번째는 짝을 지어주는 것이다. '짝꿍 제도'라고 이름 지었는데, 두 명 또는 세 명씩 짝을 지어준다. 그리고 짝꿍끼리 얘기할 수 있는 단톡방을 만들고 초대한다. 운영자도 그 방에 하루에서 이틀 정도 함께 있으면서 동기부여를 잘 수행하고 있는지 확인하고 나온다. 짝꿍이 하는 일은 미션을 수행했는지, 언제 할 것인지 물어보는 것이다. 아침이면 "좋은 아침입니다. 오늘 몇 시에 하실 건가요?" 이 한 문장을 서로 물어보게 한다. 우리는 질문을 받으면 무의식적으로 답을 찾는다. 카카오톡 내용을 보자마자 우리는 무의식적으로 오늘 몇 시에 할 예정인지를 생각한다. 질문은 무의식을 움직이게 하는 힘이 있다. 그리고 2~3명이 있는 소그룹 단톡방이기에 대답하지 않고 넘어가기 힘들다. 그래서 사람들은 자신이 미션을 수행할 시간을 톡방에 자연스럽게 적게 된다. "오늘은 일이 있어서 밤 10시에 하려구요." 이런 문구를 자연스럽게 적는다. 그리고 이런 문구를 적고 나면 무의식적으로 자신에게 10시에 해야 한다고 상기한다. 모임 운영자는 이렇게 인사를 아침과 오후, 저녁 3번 정도 잘하고 있는지만 확인하고 다음 날 짝꿍 단톡방에서 나온다. 단 하루의 시간만 투자하면 프로그램의 성과 율을 상당히 끌어올릴 수 있다.

2~3명의 짝꿍 방을 만드는 것이 여의치 않다면, 5~6명 정도의 조별 방을 만드는 것도 방법이다. 조별 방은 논의해야 하는 프로그램이나 서로 협업을 해야 하는 프로그램에 어울리는 방법이다. 조별 방을 만들고, 조장을 뽑으면 조장이 미션을 수행

할 확률이 높아진다. 가능하면 조장은 참여를 잘 안 할 것 같은 사람으로 뽑는다. 미션을 잘 수행할 것 같은 사람을 조장으로 선출하는 경우가 많은데, 잘 참여하는 사람은 조장이 아니더라도 알아서 잘 참여한다. 하지만 참여를 잘 못할 것 같은 사람을 조장으로 뽑으면, 그 자리가 부담스러워서라도 더 열심히 참여한다. 그리고 그런 사람들이 나중에 성과를 만들어 냈을 때는 프로그램에 대한 만족도가 상당히 올라간다. 전에 한 분은 이런 얘기를 하셨다. "제가 끈기가 없어서 어떤 것을 해도 잘 못하는 편인데요. 이번 프로그램은 끝까지 잘 참여할 수 있었습니다. 챙겨주셔서 감사합니다." 하지만 나는 챙겨준 적이 없다. 그저 조장을 맡긴 것뿐이다. 물론 가끔은 역효과가 날 수도 있다. 한번은 참여율이 낮을 것 같은 사람을 조장으로 선정했는데, 조장이었음에도 참여를 안 하는 것이었다. 왜 참가하셨는지 의아할 정도였다. 개인적으로 물어보니, 자신이 잘 못 할 것 같아서 두려웠다고 했다. 못하는 것이 두려워 자신의 의지로 하지 않고 있다는 것이 말이 되지는 않는다. 하지만 그런 핑계를 대는 사람도 있기 마련이다. 이런 경우는 며칠을 지켜보다 본인에게 의사를 물어보고 조장을 바꾼다. '나중에 나아지겠지!' 라는 생각으로 지켜보다 시간이 너무 지나버릴 수도 있기 때문이다. 본인이 할 의사가 없으면 방법은 없다. 이런 부작용도 있을 수 있지만 흔한 경우는 아니다.

조장에게는 미션 결과 취합이나, 공지사항 전달 또는 방 분위기 전달 등 아주 단순한 역할만 준다. 감투를 주고 나면, 왠지일을 더 많이 주어야 할 것처럼 느껴질 수 있다. 그건 그저 관성같은 것이다. 결코 그럴 필요는 없다. 직함을 부여한다는 것은내가 편하기 위함이 아니고 성과율을 높이기 위함임을 잊으면안된다. 원치 않는 책무는 운영자의 욕심일 뿐이다.

성과를 내기 위해서는 지속적인 동기부여가 필요하다. 하지만 동기부여를 모임 운영자가 항상 신경 쓰고 있기는 힘들다. 그래서 일정 기간 단위로 베이스캠프를 만들어 놓는 것이 도움이 된다. 미션을 수행하다 잠깐 베이스캠프에 들러 진행 상황을확인하고, 잘된 점, 잘못된 점을 확인하고, 스스로 자신을 돌보는 시간을 갖도록 해준다. 한 주간의 미션 현황을 살펴볼 수 있도록 '주간 보고서' 양식을 만들어 배포할 수도 있다. 현재 미션 이름과 수치를 정량화해서 적고, 한 주간 잘한 점과 잘못한

점, 미션 장애물을 적고, 다음 주 개선 사항을 적으면 멋진 주간 보고서가 된다. 그리고 주간 보고서를 SNS에 게시하는 미션을 만든다면 프로그램 홍보에도 좋고, 참여자의 동기부여에도 큰 도움이 된다. 주간보고서와 SNS 게시를 하나의 세트로 주간 미션을 설정해 주는 것도 좋다. 그리고 원하는 목표에 도달했을 때는 스스로 자신에게 작은 선물을 해준다면 좋은 동기부여가 될 것이다. 모임 운영자도 주간 성과가 좋은 몇 명을 뽑아 선물을 주면 동기부여에도 상당한 도움이 된다.

가끔은 짧은 동영상을 공유하고 대화방에 한 줄 남기기, 수수께끼 맞추기, 선착순 게임 등 이벤트 미션을 하는 것도 좋다. 매번 같은 미션을 수행하면 지칠 수가 있다. 가끔 깜짝 이벤트가 있으면 주의가 환기되고 신선한 자극을 줄 수 있다. 이런 미션이 있을 때는 가능한 재미있는 분위기를 만들고 서로 소통하게 해서 함께하는 유대감을 높여주면 모임의 분위기도 좋아진다. 1등에게 작은 선물을 주는 것도 좋다.

회원을 관리하는 방법은 여러 가지가 있지만, 가장 중요하고 기본은 역시 관심이다. 모임 운영자가 회원에게 관심이 많다면, 자연히 무엇을 더 해줄 수 있는 것을 찾아보기 마련이다. 모임 운영자가 참여자에게는 관심이 없고 돈만 벌려고 하면 얼마 지나지 않아 드러난다. 반대로 마음이 움직이면 모든 일은 자연히 일어난다. 말하거나 티 내지 않아도 모두가 알게 된다. 마음은 항상 자연스럽게 전달된다. 그것이 자연의 순리다.

6. 품격있는 학원 - 정치민

학원을 시작할 당시에는 모든 것이 자신만만했다. 주변에 아파트가 빼곡한 최적의 위치였기 때문이다. 실제로 학생을 모집하는 학원 앞 현수막뿐이었지만, 첫 달부터 안정적인 인원이 확보되었다. 무엇보다 수업방식과 커리큘럼에 자신감이 있었다. 아이의 대답에 따라 질문을 이끌어 갈 수 있는 순발력, 책의 주제를 파악하는 통찰력, 글쓰기 지도 요령까지 무엇 하나 부족하다고 생각하지 않았다. 이 정도면 무엇이든 거뜬히 해낼 수 있다며 내적 오만을 떨었다. 특히 일대일로 대화를 나누는 수업방식이 체력이 약한 나에게 맞춤이었다. 게다가 육아의 경험이라는 것이 의외로 강력한 경력이 되어 아이들의 눈높이를 맞추는 요령도 꽤 많은 편이었다. 모든 것이 완벽했다. 하지만 뚜껑을 열어보니 그것이 전부가 아니었다. 지도 능력은 필수조건이었다. 그 외에도 아이들과의 심리전, 상담, 각종 서류 등등 다양한 업무가 내 어깨를 짓눌렀다. 그렇게 하루하루를 해결하듯 어설프고 정신없는 2년여가 흘렀다. 그리고 가끔 날것의 아마추어였던 그때를 떠올려본다. '맨땅에 헤딩'인지도 모르고 머리를 박아대던 그 시절을 떠올리면 손가락, 발가락이 곱아들 정도로 민망하다. 확실히 무식은 용감으로 가는 첫 번째 조건이었다. 빈약한 경험으로 가진 패에 비해 용감했던 시절이었다.

다행히 큰 고비를 넘긴 요즘은 학생들의 발전을 지켜보는 재미가 쏠쏠하다. 하지만 공짜가 아니었다. 그 보람을 느끼기까지 숱한 고민과 번뇌의 나날이 있었다. 어설프던 업무능력보다 더 힘든 것이 감정 관리였다. 집으로 걸어서 돌아가는 15분은 매일 다른 감정으로 걸음의 무게를 달리했다. 어떤 날은 기분이 좋아 동동 뜨듯이 걸었고, 어떤 날은 묵직한 무게 추를 매단 듯 억지스럽게 걸었다. 신경을 긁는 아이들의 태도나 언행에 나의 인내는 바닥을 드러냈다. 몸이 힘든 것보다 마음이 고되니, 수업에 정성을 쏟는 것이 어려웠다. 더 나아가 미운 아이, 예쁜 아이가 나뉘려고 했다. 그러다가 아이를 향한 나의 미움이 흘러넘칠까 봐 겁나기 시작했다. 그 마음이 부메랑처럼 나에게 되돌아오면 그토록 열망하던 일이 고통으로 변질될까 봐 두려움이 일었다. 내가 마음을 달리 고쳐먹어야 했다. 그래서 학원이라는 공간에서 내가 학생을 챙기지 않으면 그 아이는 기댈 사람이 없다는 것을 명심하며 마음을 다잡았다. 나의 책임은 잘 가르치는 것뿐만 아니라 잘 보듬어 주는 것까지였다. 그 깨달음은 내가 학생을 좋아해야만 한다는 뜬금없는 의무를 만들어 냈다. 최대한 빨리 해결해야 하는 시급한 문제였다. 고슴도치도 자기 새끼가 예쁜 이유는 내 자식이기 때문이다. 내 자식이 예쁜 이유는 정성을 쏟았기 때문이다. 박완서 선생님의 〈이 세상에서 제일 예쁜 못난이〉에 나오듯 내가 관심을 가지고 보듬어 주고 예뻐해야 세상에서 제일 예쁜 인형이 될 수 있다. 비록 팔이 떨어져 어설프게 꿰맨 자국이 남고, 이마가 찢어졌다 해도 말이다.

그래서 터덜터덜 집으로 돌아가는 길에 나태주 시인의 〈풀꽃〉

을 중얼거렸다. 자세히 보아야 예쁘고, 오래 보아야 사랑스럽다고. 나에게 미운 모습만 보이는 너를 더 자세히 볼 것이고, 그렇게 해서 결국 너의 예쁜 모습을 찾아내겠다고 다짐했다. 예쁜 것을 사랑할 수밖에 없는 인간의 본성을 믿으며 되뇌었다. 어떻게 해서든 예쁜 모습을 찾아내서 '너'에게 애정을 가지겠다고 말이다. 그래서 결국 행복하게 책을 읽고 글을 쓰도록 만들어주겠다고 굳은 목표를 세웠다. 그렇게 인고와 성찰의 시간이 지나고 지금 학원의 아이들은 나에게 조카 정도의 서열이 되었다. 적당히 잔소리도 하고, 칭찬도 해주고, 함께 어떤 이야기를 나누어도 불편하지 않은 사이 말이다. 넘치지도 부족하지도 않는 안정적인 애착 관계가 만들어진 것이다.

너그럽고 여유 있는 마음을 가지면서 많은 것이 달라졌다. 가장 크고 고무적인 변화는 더 이상 미워 보이는 학생이 없다는 것이다. 미움과 원망이 없는 관계는 참으로 평화로웠다. 나태주 시인 역시 교사 시절의 아이들을 생각하며 그 시를 지었다더니, 그분도 나와 같은 고민이 있었나 보다. 어쩌면 함께 책의 내용과 생각을 공유하는 수업방식 덕분에 가능했을지도 모른다. 삐

딱하게 앉으면 생각도 비뚤어지기 때문에 똑바로 앉아야 한다고 말해 줄 수 있었고, 쓰기 싫다며 도리질 치는 아이에게 할 수 있는 아이가 되도록 격려할 수 있었다. 애정이 없으면 불가능한 대화였고, 달라지는 아이들을 보며 더 큰 애정이 생겼다. 최고의 선순환이었다.

　태도와 마음가짐은 어떤 식으로든 반드시 드러난다. 가르침의 현장에서도 예외는 없었다. 아이들에 대한 나의 마음이 전달된 것인지, 나도 모르게 표현된 것인지 모르겠으나 많은 학부모님께서 해주시는 고마움의 인사를 들으며 더욱 확신할 수 있었다. 시작은 마음을 다스리고 평정심을 찾겠다는 이유였지만, 결과는 지도자와 학생, 모두가 'win-win' 하는 최고의 전략이 되었다. 그래서 신규학생이 들어오면 성격과 기질을 파악하는 것에 가장 큰 정성을 쓴다. 아이의 성격을 알아야 마음이 보이고 마음이 보여야 이끌어 줄 수 있기 때문이다. 잘 가르치는 것을 넘어서서 아이 한 명 한 명의 마음에 정성을 들이는 것, 그것이 우리 학원의 품격이자 자부심이 되었다.

대기업, 혹은 유명 브랜드 사이트에 들어가면 찾아볼 수 있는 것이 '경영 철학'이다. 그들은 진정성 있는 경영 마인드가 서비스나 품질에 대한 신뢰를 만든다는 것을 아는 것이다. 게다가 고객뿐만 아니라 직원들의 태도에도 영향을 미치고, 임기응변식으로 비위나 맞추겠다는 태도를 방지하는 효과도 있다. 혹시 갈등이나 문제가 생겼을 때, 그 철학에 따라 해결을 하면서 신뢰를 쌓는 발판으로 삼기도 한다. 강사와 원장도 학생을 고객이라고 생각해보면 어떨까. 고객과 다름없는 학생들에게 가식적인 친절을 베풀고 뒤에서 속쓰려하는 이중적인 자세를 지양할 수 있는 장치가 되기 때문이다. 혹은 학생은 거칠게 대하면서 학부모에게 살갑게 구는 비틀어진 친절도 막을 수 있다. 그리고 정성이 들어간 수업이 얼마나 큰 영향력을 발휘하는지도 기억하면 좋겠다. 그 가르침이 미래의 인재를 길러내는 소중한 기회라고 생각한다면, 한순간도 소홀할 수 없게 된다. 결국에 격이 다른 경영 철학은 나의 학원, 나의 업적을 동네 여관방이 아니라 호텔의 품격을 가지도록 만들어 줄 것이다.

제5장

학원을 시작하려는 이들에게
(학원 경영 초보자 포함)

1. 당신의 목표는 무엇입니까 - 이진선

2. 꼼꼼하게 체크하세요 - 김만수

3. 두려움의 겸손함이 학원을 키웁니다 - 정치민

4. 숫자 관리는 철저하게 - 이혜령

5. 사람이 전부입니다 - 형주연

6. 시간과의 전쟁 - 허필선

1. 당신의 목표는 무엇입니까 - 이진선

몇 해 전 학원 관련 강연회를 들었다. 강연자는 개인적으로 학원 관련 사업체를 운영하고 있고, 자신은 교육자가 아니라 사업가라고 했다. 그리고 학원 원장이라면 교육자가 될 것인지, 사업가가 될 것인지 노선을 정해야 하고, 원장이라면 반드시 사업가 마인드가 있어야 한다고 했다. 그 강연회를 들으며 나의 경영 방향에 의문이 생겼다. 그동안은 사업가인지, 교육자인지 노선을 정했다 하기보다 공부를 할 수밖에 없는 혹은 공부를 해야만 할 것 같은 면학 분위기를 조성하는 데 더 관심이 있었다. 그 덕분인지 사업이 힘들다고 하는 시기에도 불경기라고 느끼지 못했고, 그동안의 시험 결과 때문인지 신입생은 끊임없이 들어왔다. 이런 시점에서 나는 어떤 목표를 위해 이렇게 끊임없이 노력하는 중일까?' 하고 생각한 적이 있다.

코로나가 발생했던 초기 3주 동안 휴강했던 기간이 있었는데, 이유야 어떻든 정말 오랜만에 휴가를 얻은 기분이었다. 개원 이래 약 10년 동안 단 하루도 쉬지 않았던 나에게는 하루에

8시간이나 자고, 하나밖에 없는 아들과 24시간 붙어있을 수 있었던 휴식 시간이었다. 그런 꿈 같은 휴식 동안 내가 후원하고 있는 '기아대책'에서 보낸 소식지를 받았다. 그 소식지를 보니 한국을 포함한 전 세계가 코로나로 인해 힘든 시간을 보내고 있었고, 우간다 역시 상황이 다르지 않았다. 코로나 셧다운 때문에 우간다에 사는 대부분의 어린이들은 기초 생활조차 이전보다 더 큰 어려움을 겪고 있는 듯했고, 그나마 '기아대책'을 통해 후원을 받고 있는 아이들은 기존에 유지하고 있던 생활에는 문제가 없다는 소식이었다. 그리고 또 다른 기사에서는 경기침체의 여파로 부담스러운 병원비가 원인이 되어 유기된 동물들의 수가 증가하고 있다는 내용이 있었다. 어떤 이유 때문인지 이런 기사를 읽으면 측은한 마음이 들어 후원하는 단체를 하나씩 더 늘리곤 했다. 이러다 보니 10년 전부터는 수익의 일정 부분을 기아대책이나 유기동물센터와 같은 비영리단체들에 꾸준히 후원하는 상황이 되었다. 원생들도 함께 동참한다는 인식을 주기 위해서 후원 중인 비영리단체들의 이름을 공개했고, 그쪽에서 전해 주는 소식은 안내문을 통해 공유하고 있다. K-장녀들이 타고 난다는 특유의 성품 때문인지 누군가가 나의 도움으로 어려움을 극복해가는 모습을 보는 것이 일종의 낙이다. 또한 그 누구도 나에게 사명감을 가지라고 강요한 적은 없지만, 아이들과 생활하는 시간이 많아지고 경력이 쌓일수록 사회적 사명감을 갖게 되었다.

금전적 대가가 많지 않음에도 생명주의 성교육이나 금연, 금주 교육 강사 활동을 통해 많은 아이를 만나는 이유는 단 하나, 바로 사명감 때문이다. 여러 대중 매체들이 혼란을 주는 환경 속에서 성장해야 하는 아이들이 건강한 생각을 가진 성인으로 성장하길 바라는 마음이 사명감이 되어 필요하다면 언제라도 강의하게 하는 원동력이다. 나의 이런 신념을 지키기 위해서는 강의료를 기준으로 강의 여부를 결정해야 하는 경제적 압박을 받는 상황이 발생하면 안된다. 원장으로서도 원생들의 실력을 효율적으로 향상시키기 위해서 좋은 프로그램도 유치해야 하고, 우리에게 도움이 될 만한 프로그램을 발견했을 때, 내 주머니 사정이 나빠 투자를 포기하는 일이 있어서도 안된다. 가난이 죄는 아니지만, 실력이 더 많이 향상될 가능성이 많은 아이들의 성장을 막을 수도 있는 돈 없는 원장은 죄가 될지도 모른다고 생각한 적이 있다.

　실제로 지금까지 딱 한 번 겪었던 경영 악화의 상황이 출산 이후에 있었는데, 그 당시에는 커리큘럼을 재정비하지 않고서는 경영난을 해결할 수 없을 것 같았다. 그럼에도 불구하고 프로그램 도입을 위해 투자할 돈이 없었다. 참으로 속상했던 과거이지만, 그 당시를 떠올려보면 '내가 돈이 없어서 좋은 프로그램을 들여오지 못하는 것도 죄가 될 수 있겠다.'라는 생각을 했다. 나를 믿고 공부하고 있는 아이들과 그들의 부모님들 모습이 떠올랐다. 말로 표현할 수 없이 미안했다. 그래서 아들이 아플 때 쓰려고 모아 둔 비상금 털어 가맹비용을 지불했고, 원생들에게 최선을 다했다. 무료지만 제대로 된 방학특강을 열었고, 특별히 도움이 더 필요한 원생의 경우 시간을 더 내서 지도하기도 했다. 그리고 언제나 그랬듯 인증시험도 꾸준히 치르며 학습 향상 상태를 증명했다. 이런 생활을 하는 동안 '방학특강 한 번 하면 얼마를 벌 수 있다.' 같은 돈과 관련된 생각은 하지 않았다. 일단 아이들이 쌓아 올린 실력이 증명되면 앞으로 등록할 아이들은 얼마든지 있을 것이라 확신했고, 그 예상은 적중했다. 내 인생 첫 실패라고 기록되었을 수도 있었던 긴 터널과 같은 18개월의 시간이 지나고, 2018년 1월 신정을 시작으로 신입생들이 한 달에 이삼십 명씩 등록했다. 그리고 지금은 학원을 운영하면서 내는 수익이 있고 통/번역을 통해 벌어들이는 수익도 있지만, 무엇보다 지금 어디선가 힘든 시간을 견디고 있을지도 모르는 원장들에게 공유할 에피소드가 생겼다.

자, 그렇다면 지금 내가 나아가고 있는 삶의 목표는 무엇일까? 다시 생각해본다. 학원장이 교육자여야 하는 것은 당연하다고 생각한다. 나는 교육자인 동시에 사회에 긍정적인 영향을 미칠 수 있는 사명감을 가진 거룩한 부자가 되고 싶다. 내 양심껏, 능력껏 번 돈으로 도움이 필요한 사람과 기관에 도움을 주고, 더 질 높은 교육을 위해 과감한 투자도 망설이지 않은 그런 원장으로 남고 싶다. 결국 내가 십 대 아이들을 잘 키워야 한다는 사명감으로 영어를 지도하고 생명주의 성교육 강의를 하며 금연, 금주 강의를 하는 이유도 지금 이 아이들이 앞으로 올 세상을 구성할 다음 세대이기 때문이다. 거룩한 부자, 돈 없는 사람들에게 돈을 뜯어내는 세리(稅吏)처럼 사는 것이 아니라 다음 세대를 위해 사회에 기여하는 거룩한 부자가 되려고 오늘도 끊임없이 노력한다.

2. 꼼꼼하게 체크하세요 - 김만수

학원을 운영한 지 20년이라는 세월을 보냈기에, 처음으로 학원을 운영하려는 분들에게 조금이나마 도움이 될 수 있는 내용을 몇 가지 항목으로 나누어서 안내하고자 한다. 이런 내용을 글로 써서 책을 내보고자 함은 처음 학원을 설립하고 시작한 이후에 초심을 잃지 않고 있는지 스스로 성찰의 시간을 가져볼 수 있는 계기가 될 수 있으니 일거양득이다.

－학원 운영의 목적과 성격－

처음 학원을 설립하고자 마음먹었다면 그게 공부방이든, 교습소든, 학원이든 설립해서 무엇을 만들어 가고자 함인지 정확하게 설정해야 한다. 쉽게 얘기해서, 어떤 학원에 가 보면 그 학원만의 분위기라든지 강사들의 움직임과 태도, 학생들의 모습을 통해 어느 정도 리더의 추구하는 가치를 읽을 수 있다. 물론 선이 분명하고 굵은 학원일수록 잘되는 것은 당연한 이치인데, 반대로 뭔가 애매하고 흐릿한 분위기의 학원일수록 정체기를 겪거나 침체의 길로 접어든다. 가령 저학년을 상대로 운영을 한다고 하면 아기자기한 이벤트를 많이 준비해야 할 것이며, 고등부를 중심으로 운영하는 학원은 정숙함과 더불어 여러 가지 대회 실적과 성과를 홍보에 적극적으로 활용해야 한다. 그리고 전문성을 높여서 본인이 추구하고자 하는 과목만 수업에 넣거나, 브랜드파워가 있는 경우에 전 과목으로 단과 성향의 수업을 펼쳐서 수익을 극대화하는 형태도 있다. 남자 강사를 많이 써서 무게감이 있고 규모가 큰 학원으로 가느냐, 여자 강사를 많이 써서 아기자기하게 학생들을 챙기면서 관리하는 것에 중점을 두느냐가 있다. 모든 것은 시작과 동시에 진행되므로 처음 운영하고자 하는 분들은 콘셉트를 잘 잡아서 진행하는 게 좋다.

-위치 선정-

학원의 위치 선정은 주로 두 부류로 나누어지는 것을 볼 수 있다. 가령 강남 대치동처럼 학원의 최중심지에 오픈하여 대치동이라는 지역 브랜드를 적극적으로 활용하는 분들이 있다. 물론 강의나 관리에 대한 자신감은 기본으로 깔고 자신만의 노하우가 있을 때 가능한 것이다. 중심지는 보증금이나 임대료가 외곽보다 최소 2배 이상이 될 것이기에 단시간에 학생을 모집하지 못하면 운영이 힘들 수 있기 때문이다. 반대로 중심지보다는 외곽을 선호하는 원장님은 치열한 경쟁으로 큰 수익을 내기보다는 경쟁이 덜한 곳에서 적절한 수익을 정해 놓고 마음 편하게 학생들을 모집하려는 스타일이다. 물론 외곽이다 보니 학생 모집에는 긴 시간이 소요되지만, 비용 측면에서는 많은 부분을 절감할 수 있기에 장단점이 공존한다. 그리고 운영 도중에 여러 가지 문제가 생겨 장소를 이동해야 하는 경우가 있는데, 쫓기다시피 옮겨간 학원은 십중팔구는 운영이 힘들어질 수 있다. 제대로 된 위치 선정을 할 수 없는 상태에서 억지로 쫓겨간 학원은 학부모님들과 학생들도 불편함을 느끼기 때문이다. 신규 오픈이나 확장 오픈의 경우에도 긴 시간을 두고 넓은 안목으로 자신의 취지에 맞는 위치 선정이 무엇보다도 중요하다.

-인테리어-

인테리어는 여러 가지 스타일이 있는데, 스터디카페처럼 모던풍의 깔끔함을 강조하는 스타일이 있고, 영국 옥스퍼드 대학의 도서관처럼 귀족풍의 고급스러운 스타일 등 다양한 스타일을 연출할 수 있다. 물론 설립 자본을 넉넉히 준비해 둔 분이라면 자신의 스타일에 맞게 선택할 수 있지만, 그렇지 못한 분들도 발품을 부지런히 팔다 보면 자신의 스타일에 맞는 인테리어가 되어 있는 학원을 구할 수 있다. 지금 운영하는 곳도 인맥으로 권리금 없이 운 좋게 들어올 수 있었던 후자에 속한다. 투자금 대비 수익률이 높은 편이기에, 적은 자본금으로 시작할 수 있는 장점이자 매력으로 다가온다. 자본금이나 선호하는 분위기를 살펴서 신중히 판단해서 선택하는 것이 필요하다.

－편의점형 학원 or 기업형 학원－

공부방이나 교습소로 시작을 하는 분은 본인 수업 외에는 다른 강사를 둘 수 없기에 선택의 여지가 없다. 그러나 학원 형태로 시작하는 분은 과목 선택이 끝나면 인적 구성을 어떻게 할 것인지에 대한 고민을 해 보아야 한다. 가령 규모가 있게 하려면 부원장과 상담실장을 두고 시작할 것인가, 일단 본인이 직접 수업을 뛰면서 강사를 조금씩 채용하면서 갈 것인가, 본인은 수업하지 않으면서 관리의 주체가 되어 부원장과 상담 실장 역할을 하면서 운영할 것인가는 본인의 스타일과 자본 규모에 따라 선택하면 될 것이다. 이미지를 더욱 신중히 고려한다면 학부모나 학생들이 방문했을 때 어떤 느낌을 받을 것인가를 생각해 보는 것도 중요하다. 언제나 예약 없이 상담을 원해도 부원장님이나 상담실장의 응대가 가능한지, 아니면 예약 상담을 해야 하는지, 원장이 직접 상담을 하거나 수업을 하는지 등은 학부모들이 예민하게 받아들이는 요소들이다. 그리고 강사나 강사 출신의 관리자나 아니면 전문 관리자를 둘 때 직함을 부여하는 것도 중요하다. 능력과 나이와 단계에 걸맞은 직함을 부여하는 것이 본인에게나 학원에서나 편안하게 융화될 수 있을 것이다. 자리가 사람을 만든다는 말처럼 과도하게 높은 직함은 때로는 부작용으로 나타나기도 하고, 때로는 몸에 맞지 않는 옷을 입은 것처럼 어색하게 되어 전체 조직력에 부담으로 작용할 수 있다.

–분위기 조성(직원과 학생 관리)–

학원을 설립할 때 본인의 스타일과 목표에 따른 분위기 설정이 중요하다. 혼자서 수업하는 곳이야 학생들만 상대해서 분위기를 만들어 가면 되지만, 직원을 고용해서 운영하는 곳이라면 직원들의 옷차림과 말투, 다소 긴장된 분위기의 직장을 만들 것인지, 아니면 편안한 분위기에서 자유롭게 근무하도록 할 것인지는 전적으로 리더의 스타일에 달려 있다. 결과는 천차만별이다. 주로 대형학원을 염두에 둔다면 정장 스타일을 선호하고, 소규모 학원을 염두에 둔다면 옷차림에는 구애받지 않고 수업과 다소의 관리에 초점을 맞춘다. 설립 후에 반짝 잘할 수는 있어도 10년 이상 장기간 성공하는 것은 어렵다. 학원 운영은 분위기 싸움이라는 말이 있듯이, 직원들의 복지에도 힘쓰면서 직원들이 이직을 생각하지 않을 정도로 안정감을 구축한다면 성공한 학원으로 자리 잡을 수 있다. 그리고 나름 교육계의 흐름과 관련하여 앞서가는 안목을 지닌다면 분위기 싸움에서도 유리한 고지를 선점할 수 있을 것이다.

3. 두려움의 겸손함이 학원을 키웁니다 - 정치민

때로는 '천릿길도 한 걸음부터' 라는 속담이 마음에 와 닿지 않는다. 폭이 넓은 걸음은 더 빨리 천 리를 건너게 만든다는 궤

변이 통하기 때문이라고 생각한다. 넓든 좁든 일단 '하나의 걸음' 이라는 속뜻을 알면서도 말이다. 그래도 넓은 걸음으로 빠르게 천릿길을 지나겠다는 꼼수와 요행을 찾는 이가 있다면, 또다른 접근을 권하고 싶다. 바로 게임에서의 '레벨' 이다. 게임을 해본 사람들은 알겠지만, '레벨' 은 꼼수나 요행이 없다. 각종 공략과 아이템을 통해 실력이 나뉜다. 게다가 개인차를 인정할 수밖에 없기도 하다. 물리적 시간과 실력에 따라 결과가 정직하게 드러나기 때문에 거짓이 없다. 나 역시 소싯적에 다양한 게임을 즐겼고, 그중에서도 무언가를 육성하거나 건설하는 각종 시뮬레이션 게임을 좋아했다. 그 당시 왕자와 결혼을 시키기 위해서 소녀를 훈련 시키는 육성게임이 꽤 인기가 있었는데, 이 예비 황태자비 캐릭터는 각종 아르바이트나 훈련으로 왕자와 결혼하기에 적합한 소양을 쌓아야 했다.

게임처럼 세상의 모든 시작은 비루하고 어설프다. 하수의 단계를 지나 고수가 되는 것이 당연지사다. 기억해야 할 것은 수련과 고민의 시간만이 고수의 내공에 다다를 수 있도록 만들어 준다는 것이다. 제로에 가까운 능력치로 시작했지만, 10대의 시간을 어떻게 보냈느냐에 따라서 엔딩이 달라지는 그 게임처럼 말이다. 뻔한 결말이지만 '노력'하는 자만이 왕자와 결혼하는 엔딩을 보게 된다. 그러나 현실에서는 항상 투자하는 노력과 시간에 비례하여 발전하지 않는다. 때로는 그 점이 불공평하게 보이기도 한다. 하지만 이것을 핑계로 삼으면 안된다. 핑계는 게으름과 한통속이다. 게으름은 준비하지 못하게 만들고, 준비가 되어 있지 않으면 운이 와도 잡을 수 없다. 혹시 '재능 부재'의 핑계, '재능 맹신'의 덫에 빠져 게으름을 피우고 있는 상황이라면 서둘러 탈출해야 한다. 그 탈출방법 중 하나가 자신에게 어떤 질문을 해보는 것이다. 바로 어떤 '노력'을 할 것인지 결정하는 '노력의 방향성'을 고민해 본 적이 있는지 말이다. '노력의 방향성'을 결정하는 것은 농구천재가 축구를 잘하기 위해 피나는 노력을 하는 상황을 만들지 않기 위해 꼭 필요한 과정이다. 이처럼 엉뚱한 노력으로 에너지를 소진하는 낭비를 막는 것이 '방향성'이다. 하지만 대부분은 이루고 싶은 '목표'는 있으나 그 내용을 설명할 '목적'이 없고, '꿈'은 있으나 '방법'을 모르는 경우가 많다. 기본적인 고민도 하지 않았다는 뜻이다. 노력의 방향과 구체적인 행동 지침을 세우지 않으면 적은 노력으로 큰 성과를 얻을 우연한 대운도 당연히 따르지 않는다. 혹은 운이 따르는 시작이었다고 해도 결국 위기에서 헤어나올 수 없게 된다. 항상 모든 순간을 우연에 기대는 것은 어리석고 무능력하다는 증거다.

  그래서 두려워해야 한다. 여기서 말하는 두려움이란 쓸데없는 걱정을 싸안으라는 뜻이 아니다. '내가 잘못된 노력을 하는 것은 아닐까?'에 대한 의심을 의미한다. 간판의 모양이나 인테리어의 낮은 완성도 때문에 학원 등록이 적은 것이라고 결론 내리는 것이 방향을 잘못 잡은 고민의 예라고 할 수 있다. 물론 겉모습이 주는 첫인상은 중요하다. 오고 가는 사람들의 발길을 끌 만한 매력 요소 중 하나이다. 그러나 대부분 상식적인 사람들이 중요하게 생각하는 것은 결국 정성과 실력이다. 만약 누군가가 인테리어가 보기 나빠서 선택을 보류했다고 한다면, 인테리어에 비용을 투자할 것이 아니라 정성을 몰라보는 소비자의 눈썰미와 통찰력을 의심해 볼 필요가 있다. 그래서 현재의 위기상황을 엉뚱한 이유와 결부 짓는 실수를 경계하는 것은 아주 중요한 태도다. 그릇된 분석을 두려워하면 정답을 신중하게 선택하도록 한다. 그 신중함은 정답에 가까운 옳은 선택을 찾을 확률을 높여준다. 옳은 선택이란 결국 올바른 방향을 설정했다는 의미가 되고, 이는 효율성 있게 목표를 이루도록 이끌어 줄 것이다. 적을 무너뜨리기 위해 약점을 집중 공격하는 것과 같은 원리다. 여기저기 찔러보느라 힘과 인력을 소진하는 것이 아니라 분석을 통해 찾아낸 약점에 총공격을 퍼붓는 전략을 의미한다. 주변 요소에 신경쓰지 말고 좀 더 나은 프로그램은 없는지, 학생 관리에 놓치고 있는 부분은 없는지, 교육 트렌드는 어떤지 알아보는 것이 집중공략 과정이다. 그리고 이 과정에서 영민한 통찰력과 안목이 생길 것이다. 이것은 고수의 최강 아이템과 같다.

학원 운영뿐만 아니라 세상 모든 일에도 마찬가지다. 답을 찾고자 하는 사람은 고민한다. 끊임없이 탐구하기 때문에 본인의 실력이 객관적으로 보이고 저절로 겸손해진다. 겸손한 마음으로 실력을 점검하면 정직한 노력을 하게 된다. 위기가 와도 뿌리 깊은 나무가 되어 흔들리지 않는 것이다. 확신을 가진 신중한 선택이라는 것을 스스로는 알기 때문이다. 그렇게 된다면 결과를 가늠해서 얕은수로 노력하거나 대운이 들길 바라는 기도 따위에 매달릴 필요가 없어진다.

　사실 모든 질문과 모든 답을 나의 실수 속에서 찾고 인정하는 과정은 뼈아픈 일이다. 부족한 판단력과 결정을 마주하는 일은 언제나 불편하다. 그렇다고 부진의 이유가 '나' 때문이라는 죄책감을 가지는 것은 위험하다. 죄책감은 사지를 묶어 놓은 것처럼 옴짝달싹하지 못하게 만들어 버린다. 그러니 자신을 믿고 용기를 내어 무조건 움직여야 한다. 뼈아픈 진실을 마주하는 이유는 자책이 아니라 부족함과 오류를 찾아서 수정하기 위해서이다. 온라인 게임도 오류를 수정해 가면서 더 나은 수준으로 거듭나고, 컴퓨터도 항상 최신 프로그램으로 업데이트해야 기능이 향상된다. 물론 그 과정에서 시행착오가 생길 수 있다. 그런데 그 시행착오 때문에 너무 많은 에너지와 시간이 소모되지 않도록 최소한으로 줄여야 한다. 그러니 엉뚱한 논리를 두려워하고 아주 치열하게 고민해서 적중률을 높이는 것은 아주 중요하다. 그것은 나의 배가 목표한 대륙으로 향하고 있는지 늘 확인하는 과정과 같다. 그렇다면 그 시행착오는 낭비가 아니라 연륜과 나침반이 되어 줄 것이다.

성공의 꼭대기는 평온한 겉모습을 하고 있다. 무대에서 춤추는 아이돌은 그저 멋지고, 최고의 경기를 보여주는 선수는 마냥 재능의 덕인 듯하다. 하지만 그들의 고민과 고생은 고통스러울 정도로 험악했다는 사실을 모두 알고 있다. 다만 답답하고 고리타분한 이야기보다 화려하고 반짝이는 결과를 더 주시하기 때문에 외면하고 있을 뿐이다. 이미 규모나 명성에서 정점을 찍은 여러 사업가, 경영자들 역시 화려하고 편안해 보인다. 하지만 장담컨대 존경을 받을 만한 결과를 얻은 이들은 예외 없이 인고의 시간을 거쳤다. 그리고 대부분 현재진행형일 것이다. 마치 변칙이 없는 물리 규칙처럼 말이다. 그러니 무언가 이루고 싶은 것이 있다면 두려움과 겸손함을 가지고 점검하듯 무수한 질문을 스스로 던지고 답을 찾아야 한다. 그러면 결국 왕자의 옆자리를 거머쥐는 황태자비가 될 수 있을 것이다. 아니, 조금 더 머리를 쓴다면 왕좌를 차지하는 황태자도 욕심내 볼 만하다.

4. 숫자 관리는 철저하게 - 이혜령

흑자 도산이라는 말을 들어본 적이 있을 것이다. 분명 수익이 발생하지만, 현금 흐름에 문제가 생겨 현금 부족으로 도산을 하는 경우가 있다. 이렇게 도산하는 상태를 흑자 도산이라고 부른다. 나도 흑자 도산의 위험을 경험한 적이 있었다. 우리 학원 선생님이 어느 날 나를 불러 얘기했다.

"원장님, 지금 교재비 내야 하는데 현금이 하나도 없어요."

"왜? 아이들도 늘었는데 왜 돈이 없지?" 너무 의아했다. 학원을 운영하다 보면 할 일이 정말 많다. 학원 운영도 해야 하고, 강의도 해야 한다. 지금 당장 해야 할 일을 처리하기에 급급하다 보니 우선 발등에 떨어진 일부터 처리한다. 그렇게 하루하루 급한 일을 처리하다 보면 정작 꼭 해야 하는 일, 중요한 일을 처리하지 못하고 미루게 되기도 한다. 그중 하나가 돈 관리다. 내가 숫자에 약하다고, 문과 체질이라고 숫자 관리를 하지 않고 현금 흐름을 모르면 안된다. 분명 학원은 잘 운영되고 원생은 늘어나더라도 현금흐름에 큰 문제를 겪을 수 있기 때문이다. 학원뿐만이 아니라 자영업자라면 누구나 숫자에 밝아야 하고, 돈을 잘 관리해야 한다. 나도 처음 학원을 운영하면서 돈 관리를 제대로 하지 않아 문제를 겪은 적이 몇 번 있다. 그 후에 나만의 숫자 관리 방법이 생겼다.

우리 학원은 한 달에 8회 12회 기준으로 입금을 받았다. 아이들이 아프면 빠지고, 또 그 수업 회차가 자연스럽게 다음 달로 이월도 되곤 했다. 일일이 계산은 하지 않았다. '그런 돈이 얼마나 되겠어? 다음 달로 이월하는 애들은 몇 안 되니까.' 하는 마음이었다. 그런데 이상하게 돈이 생각보다 빈다는 느낌을 받을 때가 종종 있었다. 아무리 생각해도 이상한 것 같았다. 하루는 엑셀에 모든 자금 내역을 정리했다. 아이들 인원수, 원비를 곱하면 총 수익 금액이 나온다. 그중에 선생님들 월급과 지출 금액을 제외하면 나의 월급이다. 영수증을 한가득 꺼내고, 카드 단말기에서 한 달 정산 내역을 뽑았더니 정리할 내용이 상당히 많았다. '그냥 다음에 할까?' 하다가 마음을 단단히 먹고 시작했다. 맙소사, '뭐지? 내가 무료 봉사를 하고 있던 걸까?'라는 생각이 들 정도로 충격적이었다. 생각보다 회차가 미뤄지고 이월된 아이들이 꽤 많았다. 결산하고 보니, 충격 그 자체였다. 선생님들은 아이들이 수업 회차가 빠지면 결원으로만 생각하고 크게 신경 쓰지 않을 수 있다. 결국 원장인 내가 신경을 써야 했던 부분이다. 그뿐만이 아니었다. 아이들에게 좋은 교재, 교구 연구를 위해 필요한 것들을 구비하는 것도 큰 금액이 들어

가는 부분인데, 생각하지 않고 지출을 계속했다. 수입과 지출 내역을 생각해서 계산해야 했지만, 계속 투자만 했다. 그 후에 교육비를 동결해서 받아야 하고, 회차 수업은 선생님이 그달에 그 수업 회차를 끝내도록 해야 한다는 것을 알았다.

아이들에게 경제 수업을 지도하면서도 느끼는 부분이 대단히 많다. 요즘 어른들 대부분은 가계부를 쓰지 않는다. 카드로 생활을 하고, 자영업자들도 대부분의 매출이 카드로 결제된다. 입금 또한 정해진 날짜에 한 번에 들어오지 않고, 2~3일 뒤에 통장으로 들어오기 때문에 돈에 대한 감각이 무뎌진다. 후에 한 달의 정산, 월급, 월세 등을 제하고 나면 '뭐 남았지?', 아니면 며칠 후에 통장에 또 돈이 들어오는 것 같은 것 때문에 돈 관리 개념이 무뎌진다. 아이들에게 스스로 용돈을 잘 관리해야 한다고 가르치고 있는 나였기에, 이 부분을 나도 더 열심히 관리해야겠다고 다짐했다.

돈 관리는 기본적으로 들어오고 나가는 것을 기록하고 정리하는 것이다. 하지만 돈이 들어오는 것을 확인한 후 정리는 나중에 해야 해야지 하고 생각하면, 막상 돈이 들어온 시점에 정리하지 않고 지나갈 수 있다. 나중이라는 단어는 항상 그렇다. '나중에 밥 먹자.' 라고 한 친구와는 절대 밥을 먹지 못하는 마법에 걸리는 것처럼, '나중에 정리해야지.' 하면 절대 정리할 수 없다. 나중이라는 단어에는 절대 못한다는 마법이 걸려있는 것 같다. 그리고 지나간 일을 정리하려고 해도 이미 지나간 일을 찾으려면 어디에서 찾아야 하는지도 막막하고, 찾는 시간이 오래 걸린다. 그렇게 나는 회비 입금 주간을 만들었다. 한 집에서 아이들이 3명이면, 셋째 할인 등을 제대로 못 챙길 때가 있다. 한 집에서 다니는 아이가 많아지면 많을수록 여러 가지 변수가 생기기 마련이다. 그리고 특히 아이 셋이 같은 학원에 다닐 때는 한 집에서 지출되는 금액이 상당히 크다. 그리고 아이가 많다 보면, 학부모님들과 얘기할 일이 더 많아지고 자연히 친해진다. 그러면서 이런저런 얘기를 한다. 그럼 마음이 약해져서 어떤 집은 할인을 해주고, 또 어떤 집은 해주지 않게 될 수 있다. 그래서 명확한 할인에 대한 기준을 만들어 두기로 했다.

이후 회비할인, 회비주간 등 점차 학원에 제대로 된 모양이 갖춰지고 매뉴얼이 만들어졌다. 학원을 처음 시작하는 원장님들은 이런 부분이 가장 어려움이지 않을까? 하는 생각이 든다. 다른 사람들이 만들어 놓은 것을 적용해도 되지만, 가장 좋은 방법은 우리 학원에 맞는 매뉴얼을 만드는 것이다. 그리고 학원 지출 중에 가장 큰 것이 바로 교재비다. 교재비는 소비자가와 큰 상관없이 받게 되는데, 아이들 수업을 위해 일괄적으로 나간다. 그러면 몇백의 목돈이 한 번에 지출된다. 하지만 원비를 받을 때는 아이들별로 교재비를 제대로 못 챙겨서 받을 때가 있다. 그럼 나가는 돈은 목돈이었는데, 들어오는 돈은 작은 푼돈이어서 관리가 힘들어진다. 그래서 이후에 담임이 직접 아이들 교재비 체크와 관리를 하고, 미리 교재에 대한 부분을 이야기하니, 훨씬 더 수월하게 교재비도 모이고 눈에 보이기 시작했다. 학원 초보 시절 몇백씩 푹푹 나가고, 돈은 매일 푼돈으로 받는 식으로 현금 흐름 관리에 무뎌지다 보면, 재정 관리를 하기 어려워진다. 가장 기본인 것부터 관리하는 것이 핵심이다. 우리 학원의 돈에 대한 흐름을 잘 파악하고 알고 있어야 한다. 그것이 우리 학원을 성장시킬 수 있는 가장 기본 중의 기본이다. 몰라서 안 하거나, 다음에 하자고 덮어두면, 사고를 덮어두는 것과 같다. 덮어둔다고 사라지지 않는다. 일어날 일은 언젠가 일어난다. 특히 돈 문제는 분명 더 그렇다.

5. 사람이 전부입니다 - 형주연

"한 사람 한 사람을 소중히 합니다."

앞 장에서 말했듯이 우리 학원의 슬로건은 '오로지 학생 중심'이다. 홍보하자고 지은 이름이 아니라 진심으로 담아 학원 운영 13년 차쯤 지어낸 문구다. 오로지 학생 중심은 학원으로 운영하면서 나와 선생님들은 아이들과 학부모님 덕분에 울고 웃는 하루를 보내기 때문이다. 그렇게 '사람'이 전부인 곳이 바로 학원이다. 비단 학원에서만 사람 중심은 아닌 것이, 딸 셋 중 막내로 태어나 아무 반항 없이 커온 나는 부모님 슬하에서 생활하다 30살에 남편 슬하로 옮겨져 온 삶을 살았다. 그렇게 외부 차단제를 잔뜩 바른 채 살면서 세상을 책으로 배웠다고 해도 과언이 아니다. 어린 나이 때부터 학원 일만 했던 나에게 만남의 주 대상자는 어린 학생들이었기 때문에 나의 성장은 계속 아이들과 눈높이를 맞춘 듯 그 자리에 머무르고 있었다. 세상과는 단절된 느낌으로 2~30대를 보내던 나에게 유일한 바깥세상은 공부였다. 그렇게 세상을 책으로만 배운 내가 아이들이 어느 정도 커가면서 외부 사람들을 만나고 일들을 진행하면서 느낀 게 있다면, 사람에게서 배우는 배움이 책의 무게보다 몇 배는 크다는 것이다. 오십에 읽는 논어라는 책에는 '사람이 자산이다.' 라는 문구가 나온다. "50 이전까지는 기술이 자산이고 영어와 학력이 자본이었지만, 오십이 넘으면 사람이 귀한 자산이 됩니다. 건강한 아내, 건강한 남편이라는 이름 하나만으로도 귀한 존재입니다. 존 리 대표가 부러움과 질시의 대상이 아니라 그를 통해 작은 도움이라도 받을 수 있다면, 그가 바로 경제 선생님입니다. 그를 통해 자신을 되돌아보는 기회가 있었다면, 그는 이미 스승입니다."

나 역시도 30대부터 책을 쓰려고 무던히 애쓰며 글쓰기 수업도 들어보고, 글쓰기 관련 책도 꽤 많이 읽었다. 그런데 결국 이렇게 종이책의 첫 시작은 캔디 원장 덕분인데, 그녀는 별명이 캔디고 내 별명은 체리다. 그녀 덕분에 10년간의 꿈이 이뤄졌다 해도 과언이 아니다. 결국 사람이 재산인 것이다. 사람이 재산인 것을 함께 느낀 오래된 제자가 있다. 서울 C 고등학교에 재학 중이던 주혁이란 제자는 공부를 참 싫어한 친구였는데, 공부를 싫어하다 보니 성적이 안 나오는 것뿐만 아니라 그냥 노는 거 외에는 아무 생각도 없던 친구였고, 학원에서는 영어, 수학을 수강했었으나 몸만 왔다갔다할 뿐이지 기부 천사 같은 존재였다. 학원비 기부 천사……. 그때 내가 원장으로서 주혁이에게 해줄 수 있는 건 무한 사랑밖에 없었다. 어차피 집에서는 엄마, 아빠의 잔소리, 학원에서는 구박, 학교에서는 외면뿐이다 보니 '네게 줄 수 있는 건 오직 사랑뿐'이라는 생각으로 많이 들어주고, 어깨를 토닥여 주고, 맛있는 것도 사 주고, 학교에 데려다도 주고 데리러도 가고, 말 그대도 부모님 이상의 무한 사랑만 줄 수 있었다. 그 또래 많은 친구들이 주혁이와 별반 다르지 않을 시기인데, 유독 그 친구가 이뻐 보였던 건 사실 성적과는 비례하지 않던 예의 바름 하나가 나를 붙잡고 있었다. 될 사람은 되는 거였을까 싶다.

내 목표는 성적은 그렇다 해도 인성은 좋으니 '고등학교 졸업만 무사히 시키자!'였다. '사람 구실 할 수 있게 그리고 건강하게……' 하지만 내 의무도 이행해야 했기에 수도권 대학에 원서를 넣었다. 그나마 과도 못 정했는데, "저, 야니 선생님하고 같은 과 넣을래요." 했고 그렇게 넣은 대학은 다행히도 합격했다. 그 학교는 무슨 일인지 원래 대학보다 인지도가 높은 대학과 합병되어 이름만 들어도 알만한 대학의 졸업자가 되었다. 무역회사에 취직해 대리가 되자 작년에는 대학원 면접 준비를 나와 함께했다. 올해 합격하여 지금 대학원 1학기에 재학 중인 멋진 사회인으로 성장했다. 요즘은 나와 함께 전시나 영화를 보러 가는 친구가 되어 주었다. 주혁이에게 그때 당시 내가 교과서보다 더 좋은 책이었다고 한다. 부모님보다 든든했고, 친구들보다 더 위로가 되는 존재였다고 했다. 벌써 서른이 되었는데도 매년 나의 생일을 잊지 않고 챙겨준다. 심지어 주혁이 어머님께서도 매년 스승의 날에 선물을 주시는 걸 보면, 나는 '사람이 전부다.' 라는 걸 오랜 세월을 거쳐 알게 된 것이다.

학원을 처음 시작했을 때의 슬로건은 지금과 달랐는데, '한 사람을 소중히' 라는 문구였다. 그때는 20대 시절 처음 시작하는 단계라 지금처럼 학원이 커질지 몰랐다. 한 명 한 명 진심으로 소중히 하면 그 학생들이 전부 큰 인재가 될 거라는 믿음으로 한 명 한 명을 소중히 가르치겠다는 일념이었다.

하버드 대학에서 한 교수가 20년 넘게 행복에 관한 연구조사를 한 결과, 행복의 조건 1위가 바로 '인간관계'였다. 그의 강의를 듣고 있던 많은 청중이 '돈, 명예, 외모, 가족, 건강' 등을 대답했지만, 결국 '사람'이 1위였다. 그도 그럴 것이 사람들로부터 인정받기 위해 명예나 욕심을 부리는 것일 테고, 사람들에게 비치는 모습 때문에 외모 관리를 하는 것이니 결국 2, 3위 순위들의 이유도 사람이다. 순위 안에 있는 가족도 사람이고, 사랑하는 사람과 함께 오래오래 살려고 순위 안에 건강도 있는 것이니, 그 또한 사람이 전부다. 사람 덕분에, 아이들 덕분에 울고 웃는 일상이 참 소중하다. 사람이 결국 우리가 행복하기 위한 필요충분조건이었기 때문이다.

나에게도 그런 사람들이 있는데, 일주일 내내 힘들고 지친 날 위해 '보고싶다' 말 한마디면 언제든지 나타나 준다. 공감 섞인 응원으로 한 주간의 힘겨움을 씻겨내려 주는 그런 사람,

아무도 이해하지 못하는 나의 상황이나 여건, 형편들을 바닥까지 드러내도 아무렇지 않은 사람, 원장인 나로서는 대외비로 항상 웃기만 해야 하는 삶에 그 어떤 표정을 지어도 괜찮은 사람, '임금님 귀는 당나귀 귀'를 아무리 외쳐도 그 어디에도 새지 않게 지켜주는 사람이 있다. 그래서 아침저녁으로 꼭 목소리라도 듣고 싶은 사람, 연락이 닿을 그 시간까지만 꾹 참고 열심히 달려보자! 힘내게 해주는 사람, 그런 사람들 덕분에 하루하루를 잘 버티며 살아간다. 그런 사람이 날 지지해 주고 나는 그런 사람으로부터 받은 응원으로 우리 아이들을 지켜나가고 있다. 학생들에게도 성적도 중요하지만, 그 전에 좋은 사람이 되는 게 먼저라고 알려주는 사교육 현장을 운영할 수 있게 해주는 힘도 바로 사람인 것이다.

공부를 잘하는 무리나 좋은 환경을 욕심내는 것도 그곳에서 함께 있을 사람과의 관계까지 고민한 것일 테다. 그래서 사람, 그 소중한 사람을 대하는 법부터 알려주는 그런 배움이 있는 곳이 인성관이다.

6. 시간과의 전쟁 - 허필선

얼마 전 수학을 소재로 한 영화가 개봉됐다. 최민식 주연의 〈이상한 나라의 수학자〉라는 영화다. 이 영화의 제목을 보고 생각나는 원장님이 있어서 톡을 보냈다. "원장님, 수학을 소재로 한 영화 나왔어요. 주인공도 괜찮고, 내용도 괜찮아 보여요. 한번 보세요." 그런데 그분의 톡을 보고는 할 말을 잃었다. "보고 싶기는 한데, 이 영화 보려면 2시간 잠을 못 자요." 내가 잊고 있었다. 학원을 운영하는 원장님들이 얼마나 시간을 쪼개서 살고 있는지 말이다. 나도 그렇다. 정말 시간이 없다. 뭐 하나 여유 부리면서 쉬엄쉬엄할 수가 없다.

얻고자 하는 것이 있다면 반드시 무언가는 포기해야 한다. 그중에 가장 먼저 포기해야 하는 것은 시간이 오래 걸리는 일이다. 정말 보고 싶은 TV 드라마가 있으면 잠을 줄여서 본다. 실시간 방송은 거의 볼 수가 없다. 대부분의 강의가 저녁 시간에 이루어지고, 강의가 끝나고 나서도 해야 할 업무가 있기에 일을 하다 보면 새벽이 된다. 내가 만난 원장님 중에 잠을 충분히 자는 사람은 거의 없었다. 많은 업무를 처리하려면 잠을 줄이는 수밖에 없다. 원장님뿐만이 아니고 자영업을 하는 사장님이나 온라인 교육업을 하는 사람의 모습도 별반 다르지 않다. 항상 시간에 쫓긴다. 기획하고, 커리큘럼을 만들고, 모집 공고를 올린다. 그리고 프로그램이 시작되면 얼마 지나지 않아 다음 기수를 모집한다. 프로그램이 끝나면 후기 포스팅을 해야 한다. 단계마다 해야 하는 일들, 검토할 일이 상당히 많다. 항상 시간이 부족하기에 효율적으로 일하는 방법, 시간을 단축하는 방법이 최대 관심사이다. 나도 항상 시간이 부족했기에, 자연스럽게 시간을 단축하고, 효율적으로 사용하는 방법을 연구했다. 책도 찾아보고, 강의도 들으며 방법을 찾았다. 새로운 방법을 익히고 적용하면서, 나만의 시간 관리 방법을 만들었다. 아주 단순하면서도 강력한 방법이 있다. 내가 해본 방법 중 가장 효과적인 것은 단연 투두리스트(To do list) 관리법이다.

우선, 할 일을 순서와 상관없이 생각나는 대로 빠르게 적는다. 다 적었으면 목록 앞에 할 일 순으로 순번을 매긴다. 이때 순서를 매기는 규칙이 있다. 제일 먼저 할 일은 5분 안에 끝나는 일이다. 우선, 할 일의 양을 줄인다. 또한 오랜 시간이 걸리지 않는 일들을 먼저 끝내면 할 일의 양이 줄고, 심적 부담도 낮출 수 있다. 다음으로 할 일은 오늘이 마감날인 일이다. 이렇게 오전에는 긴급한 일을 먼저 처리한다. 어차피 오늘 안에 해야 할 일이기에 가능한 한 빨리 처리해놓는 것이 좋다. 오늘 할 일을 미루면 일과 관련한 사람이 재촉할 수 있다. 늦어진 사유와 변경 일을 얘기하는 것도 시간이 소요된다. 할 일을 미루고, 일정이 지나고 나면 분명 추가 시간이 들어간다. 추가적인 시간 소비를 막기 위해서는 마감일을 지나면 안된다. 그리고 부수적인 좋은 점이 있다. 마감일보다 일찍 끝내면, 다른 사람들에게 일 처리를 잘하는 사람으로 보인다는 점이다. '그 사람은 시간을 지키는 사람이야.' 라는 믿음을 심어줄 수 있다.

긴급한 일의 순서 배정을 끝냈다면 이제 중요한 일 위주로 순번을 매긴다.

대략 순번을 매겼다면 이제 가장 중요한 부분이다. 예상 소요시간을 왼쪽에 적는다. 5분, 30분, 1시간 등 작은 글씨로 적는다. 그리고 시간을 합해서 오전에 할 수 있는 일의 양을 따져

보고, 오후까지 할 수 있는 일의 양을 따져본다. 이렇게 하면 대략적으로 내 하루가 어떻게 흘러갈지 예상할 수 있다. 투두리스트에 소요시간을 적지 않았을 때는 모든 일을 하루에 할 수 있을 것으로 보인다. 하지만 예상 시간을 적어보면, 보통은 하루에 할 수 있는 일의 양보다 많은 일을 하려고 계획했다는 것을 알 수 있다. 할 일이 많아 오늘 안에 할 수 없다는 것이 파악된다면, 다른 사람에게 위임하거나 내일로 미룬다. 아주 작은 차이이지만 시간을 명확히 알면, 효율적으로 일할 수 있다. 삶을 계획적으로 사는 첫걸음이기도 하다.

이때 한 가지 명심할 것은 여유시간을 20% 정도 잡아야 한다는 점이다. 삶은 언제나 예상하지 못한 일이 발생한다. 그래서 항상 20% 정도의 여유시간을 잡아야 어긋남 없이 계획과 비슷한 결과를 만들어 낼 수 있다.

아침에 투두리스트를 잘 만들었다면, 이제 투두리스트의 순서대로 하루를 살아보자. 업무를 시작하면서 5분 이내로 걸리는 일을 하나씩 빨리 처리한다. 그리고 투두리스트에 완료 체크를 한다. 5분짜리 일을 10가지를 해도 1시간이면 충분하다. 명심할 건 자질구레한 일이 끝나기 전까지는 다른 일에는 신경을 쓰지 않아야 한다는 점이다. 5분 이내에 할 일은 큰 기술이 필요한 일이 아니다. 최대한 집중해서 5분 이내에 일들을 끝낸다. 이제 긴급한 일이 끝났다면 잠깐 휴식을 취하며 다음 할 일과 순서를 확인한다. 수정할 것이 있는지 확인하고, 오전 중에 몇 개의 일을 할 수 있는지 확인한다. 오전에 할 일이 좀 많을 때는 일하는 속도를 높인다는 계획도 세울 수 있다. 한 번에 너무 멀리까지 생각할 수는 없기에 딱 오전까지의 계획을 집중해서 본다. 다시 업무로 돌아가 오전 안에 끝내야 하는 일을 처리한다. 오전 업무가 계획대로 되었다면 점심을 먹으며 오후에 할 일을 보며 계획을 확인한다. 오후가 되면 오늘 끝내야 하는 일 중 남은 일과 중요한 할 일을 처리한다. 그렇게 하루 최소 3번 이상은 투두리스트를 본다. 아침에 5분 이내에 할 일을 시작할 때 한 번, 오전 할 일을 시작할 때 한 번, 점심을 먹고 오후 할 일을 시작하기 전 한 번이다. 가능하면 하나의 일이 끝날 때마다 투두리스트를 확인하는 것이 좋다.

어떤 사람들을 "오늘까지 해줄게!"라고 얘기하고 항상 지키지 못하는 사람이 있다. 자신이 오늘 내에 할 수 있는 일인지에, 아닌지에 대한 시간 계산을 못하는 사람이다. 이런 사람은 시간 약속뿐만 아니라 다른 부분에서도 문제가 있을 것이라는 선입견이 생길 수 있다. 시간 약속을 안 지키는 사람은 다른 일에서도 문제를 일으키는 경우가 많기 때문이다. 약속 시각을 안 지키는 사람과 마감일을 못 지키는 사람은 믿기 어려운 사람으로 보인다. 시간 약속은 그래서 중요하다. 선입견을 만들기 때문이다. 매일 업무 순서를 정하고, 예상 시간을 생각하고, 여유시간을 20% 만들어 하루를 산다면 사람들과의 시간 약속을 이행하는 데도 도움이 되고, 시간을 효율적으로 사용하는 데도 큰 도움이 된다. 처음에는 예상했던 시간과 실제 필요한 시간의 오차가 클 것이다. 하지만 투두리스트를 계속 사용하다 보면, 메타인지가 높아져서 점차 예상 시간과 실제 필요시간의 오차가 줄어든다. 그렇게 시간을 관리하는 능력이 높아질 것이다. 나중에는 '딱 보면 얼마나 시간이 필요한 일이지 대략 알 수 있는 정도'가 될 것이다.

이 글을 읽는 사람은 이런 생각을 할 수 있다. '이렇게까지 해야 해? 나도 한동안 이렇게까지 해야 할까?라는 생각을 했었다. 하지만 이렇게까지 해야 했다. 왜냐하면 이렇게 하지 않으면 5시간을 자야 하고, 이렇게 하면 6시간을 잘 수 있기 때문이다. 항상 시간이 부족한 학원 원장님, 온라인 사업가에게 잠은 그 어떤 것보다 달콤한 보상이다. 그리고 그 보상을 얻기 위해서는 시간과 전쟁을 해야 한다. 그래야 한 시간이라도 더 잘 수 있다.

꿈은 항상 아름답다. 그리고 현실은 항상 고달프다. 아름다운 꿈을 현실로 만들기 위해서는 끊임없이 땔감을 태워야 한다. 노력, 에너지, 열정, 시간이 그런 땔감이다. 그중에 가장 화력이 좋은 것은 시간이다. 내가 시간을 태우는 만큼 꿈은 현실이 될 가능성이 커진다. 꿈을 현실로 만들고 싶다면 그만큼의 시간을 땔감으로 써라. 그리고 그 땔감을 효율적으로 태워라. 그래야 꿈이 현실이 된다.

제6장

더 큰 성공을 위하여

1. 끊임없이 자신을 돌아보라 - 정치민

'메타인지'가 유행이다. 이 용어의 뜻은 '인지를 인지한다.' 이다. 이 심리학 개념은 아주 오래전부터 시작되었으며, 그 기원을 찾아 거슬러 가면 그리스, 로마 시대에 이른다. 그런데 이제야 유명세를 타게 된 이유는 그 이론이 학습적인 부분과 연결 지을 수 있기 때문이다. 한 심리학자는 '메타인지'가 잘되는 학생이 공부를 잘할 수 있다고 명료하게 주장한다. 학습법에 관심이 많은 학부모에게는 이 '메타인지'가 마치 공부의 신이 될 수 있는 신(新) 공부법으로 추앙받기에 충분해 보인다. 실제로 최상위권 학생 중에 자신의 부족함과 학습의 완성도 수준을 정확하게 파악하고 있는 경우가 많다. 게다가 이 이론은 우리 인생 전반에 걸쳐 사용하기에도 꽤 괜찮은 인지법이다. 왜냐하면 실력을 드러내야 하는 순간이 비단 학창시절만 있는 것은 아니기 때문이다. 살림을 잘하고 싶기도 하고, 좋은 부모가 되고 싶기도 하다. 직장에서 인정받고 싶기도 하고, 사업을 성공시키고 싶기도 하다. 그 순간마다 자신을 잘 돌아볼 줄 아는 능력은 성공확률을 높일 수 있는 많은 비결 중 하나라고 단언할 수 있다.

자신에 대해 잘 안다는 것이 MBTI나 심리 분석을 말하는 것이 아니다. 나의 수준과 의식을 객관적으로 정확하게 판단하는 것을 말한다. 이는 성격과는 다른 영역이다. 자기 객관화, 자기검열이라고 할 수도 있겠다.

왜 목표를 정하기 위한 첫 단계가 자기검열일까? 자신에 대해 무지한 사람은 자신의 재능과 능력을 정확하게 파악할 수 없고, 출발점 또한 찾기 어렵기 때문이다. 자신의 재능과 능력을 알아야 올바른 설정을 할 수 있다. 조용하고 내성적인 성격으로 아이들 앞에서 다양한 표정을 지으며 영어 동화책을 읽는 것은 고행이다. 수학에 재능이 있으면서 독서 논술을 가르치는 것 역시 재능 낭비이다. 이렇듯 자신을 모르면 무엇을 시작할지 결정하는 첫 단계부터 수렁에 빠지고 만다.

그런데 사람의 모습은 일면만 있는 것이 아니다. 대부분 넓은 범위의 인격을 가지고 있다. 역할에 따라, 상황에 따라, 상대에 따라 언제나 태세전환을 한다. 집에서는 자녀와 다정하게 놀이를 하면서도 직장에서는 칼같이 냉정한 사람도 있다. 집에서는 철딱서니가 없어 부모 속을 긁기만 하는 아이가 학교에서는 솔선수범의 모범생인 경우도 많다. 생각보다 그런 이중적인 면모는 흔히 발견된다. 그러니 이 우주보다 광활한 나 자신을 모두 돌아보는 것은 불가능에 가깝다. 그러니 모두 찾아내려 하지 말고 필요한 역할을 정확하게 정해야 한다. 부모의 역할인지, 강사의 역할인지, 경영자의 역할인지 하나를 결정해야 한다. 그러면 결정된 역할 수행에 필요한 항목과 능력을 추려내기가 수월해진다. 부모가 교과목 지도를 잘할 필요가 없고, 경영자가 요리를 잘할 필요는 없다는 뜻이다. 내가 이루어야 하는 필수 역할을 찾는 것, 이것이 자기검열의 첫 번째 기능이다.

두 번째 기능은 습득이 필요한 능력과 포기할 욕심을 구분해서 낭비가 줄어들도록 만들어 준다. 예를 들어 학원을 경영한다면 수에 약하더라도 꼼꼼하게 신경 써야 한다. 학생들의 수업료를 계산하고, 수업 일수를 헤아리는 것은 필수 업무이기 때문이다. 원장이면서 내성적인 성격을 핑계 대며 학부모가 묻는 말에만 대답하면 안된다. 오히려 치밀하게 계획해서 대답할 준비를 해야 한다. 하지만 나의 체력이 5시간이라면 6시간의 강의를 포기해야 하고, 강의와 판서가 강점이라면 1:1 코칭을 배제하는 것이 맞다. 계산능력과 상담 준비는 필수적으로 습득해야 하는 능력이고, 체력과 지도법은 욕심을 버려야 하는 영역이라 구분을 잘해야 한다는 뜻이다.

자신의 학습력을 잘 아는 학생은 공부효율을 높일 수 있다. 아는 것을 두 번 보는 낭비를 하지 않고, 모르는 것을 지나치는 실책이 없기 때문이다. 일도 마찬가지다. 자신을 끊임없이 돌아보는 것은 시작의 출발지점을 제시하고, 빈틈을 발견해서 메우도록 해준다. 놓치고 있는 부분을 잘 찾아내는 경영자는 위기가 오기 전에 작은 구멍을 메우는 것으로 대비해서 위험을 줄인다. 이것이 능력이다. 한 가지 명심할 것은 자기검열이 모든 실책을 완벽하게 막아주는 것은 아니라는 것이다. 때로는 경험 부족으로 보이지 않을 때도 있다. 나 역시 학원을 열고 얼마 지나지 않았을 때 알 수 없는 불안감에 휩싸인 적이 있었다. 하지만 원인을 알 수 없어서 더 잘하고 싶은 마음과 긴장이 불안을 일으켰다고 여겼다. 얼마 후 그 불안은 지도의 빈틈이 아니라 경영의 빈틈에서 비롯되었다는 것을 알게 되었다. 대중없는 보강 일정,

불규칙한 수강료 납부일 알림, 수업시간을 체크하는 시스템의 부재 등이었다. 이것은 한 학부모님의 일침으로 모두 드러나게 되었고, 무릎을 꿇듯 인정할 수밖에 없었다. 가장 속이 쓰린 것은 이런 주변 요소의 실수가 수업에 대한 정성까지도 의심받게 만든다는 사실이다. 억울해도 어쩔 수 없다. 내 수업은 한치의 부끄러움 없는 정성과 노력으로 이루어졌다고 항변해도 실수가 사라지는 것은 아니기 때문이다. 그럴 때는 절망하거나 분노하지 말고 깨우치면 된다. 자기 객관화가 더 분명해지는 기회가 주어졌다고 생각해야 한다. 내가 그 에피소드로 훌륭한 운영에서 필요한 것이 무엇인지 알게 된 것처럼 말이다. 오히려 아주 감사하게 여겼다. 사람이라 늘 실수를 하지만, 최대한 철저하게 관리하려 노력하게 되었기 때문이다. 강사의 마인드에서 진정한 원장이 되기를 마음먹은 계기였다. 약해진 오기를 세우고, 매섭게 확인하게 된 덕분에 실수가 줄었다.

완벽하게 대비하고 있다고 믿는 와중에도 그렇게 사고는 일어난다. 그 사고는 말도 안되는 이유로 나의 진심과 의도를 의심받게 만든다. 그래서 미리 자신을 돌아보고 맹점을 찾아내야 한다. 어설픈 정신승리법으로 핑계를 대거나 피하는 것은 곤란하다. 나의 방식, 나의 습관, 나의 상식을 끊임없이 점검해야 더 나은 곳으로 향할 수 있다. 그리고 반성과 검열이 가능한 사람이라면 어떤 상황에서건 성장할 수 있다. 다만 그 성장이 태산처럼 높은지, 뒷산처럼 나지막한지는 알 수 없다. 하지만 거품처럼 부풀어 올랐다가 종국에는 망신을 당하거나, 하루아침에 명성이 떨어지거나, 공이 무너지는 일은 없을 것이다. 자신을 돌아보는 방법으로 한 칸 한 칸 쌓은 공든 탑과 같은 정직한 명예는 태풍에도 끄떡없이 버틸 수 있다고 믿는다.

2. 성과로 증명하라 - 이진선

나와 공부하고 있는 고3 원생들이 몇 명 있다. 그들 모두 소위 'in 서울'을 목표로 공부하고 있는 아이들인데, 고3이 될 때까지 'in 서울'의 목표를 가지고 있음은 그 안에 들어갈 성적을 유지하고 있다는 뜻일 것이다. 6월 모의고사가 끝나고 한 아이가 나에게 질문을 했다. 본인이 영어는 2등급을 받고 다른 과목도 성적을 잘 받아서 서울소재 대학을 가면 자신의 이름이 새겨진 현수막을 걸어 줄 거냐 하는 것이었다. 내 대답은 "No."였다. 내가 대학입시 결과만을 가지고 광고하지 않는 이유는 단순하다. "영어도 1등급을 받고 서울에 있는 학교에 합격해야 너와 내가 고생한 시간이 증명이 된다. 하지만 영어 성적이 다른 성적을 따라가지 못한다면 나한테는 의미가 없다."라는 것이 이유였다. 다른 학원 원장들은 나의 판단이 틀렸다고 할지도 모르겠다. 지방 소도시에서 서울 소재 대학에 입학했다고 게시하는 광고의 힘이 얼마나 큰지 알기 때문이다. 하지만 나는 그들이 지금까지 내신에서 100점을 받고, 모의고사에서도 영어만큼은 1등급의 성적을 유지해 왔듯이, 수능에서도 최고의 결과를 받아 영어 성적을 포함한 입시결과를 당당하게 게시할 기회를 줄 것을 믿고 있다.

우리나라는 인적자원이 중요하기 때문에 교육열이 높은 대한민국에서 대학입시는 생물과 같다. 정권이 바뀔 때마다 수뇌부가 변화를 주는 예민한 영역이고, 학부모들이 가장 민감하게 반응하는 부분이기도 하다. 정부가 교육 개정을 내놓으면, 가장 빨리 움직여야 하는 사람들은 입시 정보가 수익과 직결되는 사교육에 관련된 사람들이다. 교육과정 개편은 사교육을 비롯한 입시 컨설팅에 관련된 종사자들에게는 소위 밥그릇 싸움이 될 수도 있고, 개편될 정책에 대해 누가 더 많이 아느냐에 따라 인지도가 달라지기 때문이다.

한 10년 전쯤인가? 고등부 아이들과 끝이 없어 보이는 내신 전쟁에서 싸우고 있던 어느 날, 문득 정책에 흔들리지 않는 실력을 키우면 어떤 정책이 나와도 걱정 없지 않을까 하는 생각을 했다. 어떤 정책에도 흔들리지 않는 실력 만들기가 쉬운 일은 아니지만, 그 생각이 맞다. 곰곰이 생각해보면, 대학에 진학하는 방법이 변하면서 입시 전형의 이름이 달라진다. 하지만 자세히 들여다보면 지역 조건이나 생활기록부 또는 내신 성적표에 맞추어 대학에 진학할 수 있는 방법이 많아질 뿐이지 입시의 기본은 항상 성적이었다. "영어는 언어라 우리나라에서 하는 주입식 교육보다는 모국어 습득 방식으로 지도하는 것이 가장 좋다."라고 많은 사람들이 말한다. 하지만 아직은 소위 일류대학을 나온 사람들이 사회를 주도하는 위치에 있는 것이 사실이기 때문에 진학을 하지 못하면 언어의 유창성이 가진 의미는 퇴색

되는 실정이다. 그렇다면 주입식 교육에 치우치지 않으면서도 영어를 실용언어로써 사용할 수 있어야 하고, 입시 결과까지 잘 나오게 하려면 어떻게 지도해야 할까? 이런 고민을 해결할 방법 중 하나로 아이들의 실력 향상을 확인하면서 개인별 학습기록을 만들어 나가고 있는 것이다.

나는 진학이라는 목표를 가지고 지금까지 아이들을 지도하면서 일 년에 한 번씩은 토플이나 토익과 같은 다양한 시험에 도전해 왔다. 영어를 배운 지 1년 정도 지나면 어떤 시험을 통해서든 실력 향상의 결과를 검증했다. 이런 경험과 노력이 조금씩 쌓여 고등부의 경우, 성인들을 대상으로 하는 비즈니스 영어통역/번역 시험까지 볼 수 있는 실력이 되었고, 고등부 전원 합격이라는 기록을 세우기도 했다. 그리고 지금은 우리의 마지막 목표가 될 수도 있는 북미지역 소재의 대학교 진학을 향해 달려가고 있다. 원생들이 농담처럼 본인들의 미래를 맡기기에는 한국이 좁게 느껴진다고 말하는 모습은 그동안 그들이 얼마나 노력했고 성장했는지를 보여주는 대목이라고 생각한다.

우리 학원 외벽 광고 자리는 세로가 150센티 정도 되는 손바닥만 한 공간이다. 거기에 우리가 한 학기 혹은 일 년 동안 공부한 결과를 게시한다. 이런 게시물은 홍보 목적도 있지만, 그동안 아이들이 노력한 결과를 자랑하고 싶은 마음이 더 크다. 부모가 자식의 실력을 자랑하는 그런 마음이랄까? 그렇게 시험 결과를 게시하다 보면, 자녀를 타 학원에 보내는 학부모님들은 학원장에게 시험에 대해 문의하거나 왜 이 학원은 이런 것을 하지 않느냐고 따지는 경우도 생긴다고 들었다.

올해 중·고등부가 성인 통/번역 시험에 도전하게 되었던 배경이 있다. 소문이 들려오기를 "공인인증 시험은 봐도 소용없다."라고 사람들이 말했다고 한다. 자신의 나태함을 감추기 위해 나와 아이들의 노력을 깎아내리는 것은 핑계처럼 들렸다. 그리고 소용없다는 말이 얼마나 한심한 답변인지를 보여주기 위해 통/번역 시험을 치른 것이었다. 통역도 하고 번역도 해야 하는 이 주관식 100% 시험에서 우리 아이들은 100점 만점에 96점을 기록했다. 이 결과는 나의 교육법이 대학 진학에도 대비가 되지만, 영어를 실용언어로 쓰게 하는데도 손색이 없다는 사실을 증명했다. 그리고 통/번역 시험 결과 이후로 우리의 노력이 헛되다고 폄하하는 사람들의 말은 잦아들었다.

학습은 성과가 중요하다. 하지만 결과를 달성하는 것에만 치우치고 싶지 않았다. 나는 아이들이 목표 달성하는 과정을 즐기고, 거기에서 공부에 재미를 느끼길 희망했다. 이런 바람이 있었기에 초등부 저학년을 위한 놀이식 수업은 처음부터 시작하지 않았다. 영어가 외국어인 한국에서 가장 효율적으로 공부할 수 있는 방법은 학습식이 적합하다고 생각했기 때문이다. 알파벳조차 모르고 등록했더라도 하나씩 알아가는 재미로 다음 과정을 이어가길 바랐다. 이런 과정 덕분에 초등 저학년 때부터 영어 학습을 시작한 아이들은 학습 기간이 만 4년이 되기 전에 중등부 과정을 시작했다.

원생들의 부모님들이 우리 학원을 지인들에게 소개할 때 가장 많이 사용하신다는 말이 있다. "우리 학원은 일찍 다니면 좋겠지만, 영어 공부를 언제 시작하든지 아이의 인성과 태도가 바르면 결과는 나오는 곳이야."이다. 나는 앞으로도 성실한 태도를 가지고 노력하는 아이들에게 나의 커리큘럼을 제공해 실력 향상에 도움을 주고 싶다. 그리고 그들의 노력과 태도가 헛되지 않았음을 보여주고 싶다. 원장의 신념과 커리큘럼에 대한 확신은 원생들의 학습 결과로 증명된다고 생각한다. 나는 내가 지도하는 과목의 시험 결과는 가린 채 대학입시 결과만을 이용해 광고하고 싶지 않다. 아이들이 최선을 다한 노력에 숟가락을 얹어놓는 그런 광고는 거부하고, 앞으로도 그럴 것이다. 그래서 오늘도 그 신념을 지키기 위해 쉬지 않고 노력한다.

3. 성공한 학원인을 벤치마킹하라 - 이혜령

인원수도 꽤 괜찮아졌고, 지역에서 평판도 많이 좋아졌다. 학원 브랜드도 알려져 주위 부모님들이 수학 잘 가르치는 곳이라고 소문을 내기 시작했다. 나도 모르게 조금 자만심이 생겼나보다. 지역에서 나름 어머님들과 아이들에게 사랑을 받으며 보내다 보니 내가 꽤 잘하고 있는 것처럼 느껴졌다. 그러다 우연한 기회에 김무현 대표님과 조경이 학과장님이 함께하시는 학원 대학교의 블루타이과정에 참여했다. 그제야 알게 되었다. 나는 정말 우물 안의 개구리였다. 그냥 우물도 아닌 아주 작은 우물 안이었다.

블루타이라는 과정은 정말 인상적이었다. 학원 대학교의 블루타이과정은 원장님들을 대상으로 하는 마인드교육 및 경영교육 수업이다. 매주 목요일 2시간 30분을 달려야 하는 왕복 5시간 거리였다. 하지만 그곳에서 만난 원장님들에게 배운 학원 경영 내용은 그 시간이 전혀 아깝지 않았고, 충분한 가치가 있는 시간이었다. 강의뿐만이 아니었다. 블루타이과정은 전국에서 참여하셨기에 다양한 지역적 특색을 알 기회가 되었고, 우리 학원에 바로 적용할 수 있는 아이디어도 상당히 많았다.

원장님 중에 대치동에 토나아케데미를 20년간 운영하는 원장님이 계셨다. 대치동이라는 얘기를 들었을 때, 우리나라 사교육 1번지인 만큼 왠지 다가서기 어렵고, 자신의 노하우도 공개하지 않을 것으로 생각했다. 하지만 내 생각과는 전혀 반대였다. 나에게 먼저 다가오셔서 이전부터 알고 지낸 좋은 언니처럼 편하게 대해 주셨다. 같은 여자로서 학원장이 되어 살면서 힘들었던 부분과 좋았던 부분을 가감 없이 얘기해 주셨다. 그러면서 나에게 앞으로 어떻게 운영하면 좋을 것인지에 대한 조언도 아끼지 않으셨다. 처음 생각과는 너무도 다르게 털털하고 아낌없이 나눠주는 모습에, 오히려 이런 부분이 대치동에서 20년간 학원을 운영할 수 있는 노하우가 아니었을까? 하는 생각도 해 보았다. 길지 않은 만남이었지만, 그 만남은 깊은 여운을 남겼고, 현재까지 내가 학원을 운영하면서 그 짧은 시간에 배운 것들이 실제로 많은 도움이 되고 있다.

사례발표와 스터디 시간에는 자신만의 경영 노하우와 실재 학원 운영에 적용한 경영법 중에서 좋은 사례와 나쁜 사례에 대한 발표가 있었다. 경영방법에 대해 서로 진솔하게 좋은 경영방법을 나누고 이야기하며, 같은 분야에서 일하는 사람으로서 느낄 수 있는 동질감이 그 자리를 끈끈하게 했다. 학원을 운영해 보지 않으면 알 수 없는 이야기를 하며 서로의 고민을 토로하는 값진 시간이었다.

영감 수학을 운영하고 계시는 원장님은 짧은 시간에 대치동에서 아이들을 많이 모으셨다고 했다. 그 노하우는 소통이었다. 원생의 부모님부터 시작해 다른 사람들, 그리고 학원 원장들과의 소통이 중요하다고 하시며, 받으려고 하기 전에 내가 먼저 베풀고 상대방을 진심으로 대한다면 자연히 도움을 받고, 그 과정에서 더 많은 것을 얻을 수 있다는 조언을 해 주셨다. 아이들과 부모님 관리는 어떻게 해야 잘하는 걸까? 하는 고민에 쌓여 있었는데 어찌 알았는지 정확히 그 점에 대한 해결책을 제시해 주셨다.

학원의 선생님들 비전은 어떻게 그려 주면 좋은지에 대한 조직관리도 배울 수 있었다. 이전에는 월급을 많이 주고 사랑으로 대하면 최고라고 생각했다. 언제 어떻게 그들에게 무엇을 나눠줄지 고민도, 생각도 깊게 하지는 못했다. 조직관리에 대해 배우며 나의 비전을 공유하는 것이 왜 중요한지 들었다. 블루타이과정에 참여하기 전까지만 해도 아직 이룬 것도 아닌 일방적인나의 꿈일 뿐인데 굳이 공유할 필요가 있을까? 하는 생각도 했다. 거짓말쟁이가 되는 것이 아닐까? 하는 생각도 들었다. 하지만 비전은 나만의 것이 아닌, 학원 선생님들과 함께하는 것이어야 한다는 말이 가슴을 울렸다. 나중에 이 내용을 실천해 보았다. 나 혼자 생각하던 막연했던 비전을 함께 일하는 선생님들과 의논해 그려보고 미래를 계획해 보았다. 선생님들 중에는 자신만의 강점이 두드러지게 보이는 선생님이 있다. 강의를 잘하시는 분이 있고, 경영에 강점이 있으신 분도 있고, 연구를 잘하시는 선생님 등 자신의 강점이 분명했다. 미래 계획에 관한 얘기를 나누어 보니, 자신의 강점에 따라 바라보는 미래가 조금씩 달랐고, 선생님들이 그리는 미래를 취합하고 의견을 맞춰가다 보니 지금까지 생각하지 못했던 다양한 모습을 그릴 수 있었다. 그러면서 미래의 학원 모습이 더욱 구체적으로 되었고, 풍성해지기도 했다. 선생님들에게 경영에 대한 일부의 기회를 나눠주게 되었다. 내가 원장으로서, 대표로서 그리는 미래를 같이 공유했다. 스터디를 함께하며 한 번 모이면 1박 2일은 늘 하게 되는 6기 운영진 구성원도 빼먹을 수 없다. 자신이 가지고 있는 학원에 대한 노하우를 모두 다 풀어 주며 같이 성장을 바라는 우리 6기 운영진들 모두 너무나 감사하고 또 감사한 분들이다.

학원 경영에만 도움이 된 것은 아니었다. 원장이기도 하지만 아이를 키우는 부모이기에 몇 분의 원장님과는 육아에 관한 이야기도 나눴다. 비슷한 또래의 아이를 키우는 라플라스 원장님과는 아이들과 함께 여행도 가고 따로 만나기도 하며 추억 쌓기도 했다. 다양한 지역, 다양한 분야의 분들을 만나면서 좋은 점 몇 가지를 벤치마킹해서 나의 것으로 만들었다. 학원을 하면서 가지고 있던 틀이 앙상한 뼈대에 수업하며 살을 붙였다면, 조금 더 단단한 조직으로 살과 근육들이 붙었다. 마케팅도, 인문학의 강점도 배우고 쌓아가며 나의 소양도 넓어졌다.

다양한 분들과 학원 운영에 대한 여러 가지 얘기를 나누며, 나는 그동안 정말 우물 안 개구리였다는 것을 느꼈고, 한 단계 더 큰 우물로의 점프를 강행할 수 있는 계기가 되었다. 내가 할 수 있는 것과 할 수 없는 것을 구분해 가며, 마치 스승에게 성장 비법을 물려받은 것처럼 나의 학원도 하나씩 하나씩 성장해 갔다.

조금씩 성장을 하면 할수록 기분이 좋았던 것은 내가 누군가에게 또 다른 도움을 줄 수 있다는 것이었다. 작은 성장들이지만 내실을 다져 나가며 다른 이들에게 무언가를 나눠줄 수 있는 기쁨을 느끼게 되었고, 우리 일등학원연구소 원장님들에게도 많은 것을 보여주고 들려줄 수 있는 좋은 계기와 시간을 가질 수 있었다.

4. 절대 만족하지 마라 - 허필선

누구나 한 번쯤 '이 정도 했으면 됐지.' 라고 만족할 때가 있다. 나도 한동안 현재에 만족하고 지금을 즐기려고 했다. 그러던 중 한 권의 책을 만나고 '아직도 많이 부족하구나.' 라고 느꼈다. 그 책은 '짐 콜린스' 의 《좋은 기업을 넘어 위대한 기업으로》이다. 그리고 그 안에는 나의 가슴을 파고드는 문장이 있었다. '좋은 것은 위대한 것의 적이다. Good is the Enemy of Great.' 이 말을 들었을 때 나는 앞으로 어떤 일을 해야 할지에 대해 다시 심각하게 고민했다. 이 말이 바로 나를 두고 하는 말 같았다. 작은 것을 탐내지 말고, 정말 하고 싶은 것, 내가 인생을 걸고 하고 싶은 것을 하라는 충고처럼 들렸다. 그래서 내가 가야 할 방향을 다시 생각해보기로 했다. 그 후 한동안 꼭 해야 하는 강좌 몇 가지만 남기고 거의 모든 강의와 강좌를 접었다. 거의 1년 동안 내가 앞으로 무엇을 할 것인가를 생각했다. 내 주변에 온라인 비즈니스를 오랫동안 해온 사람들에게 조언을 구하기도 했다. 한 사람은 직장인에게 특화된 툴을 다루는 방법 쪽으로 가면 좋을 것 같다고 했다. 다른 분은 책을 만드는 쪽으로 가면 좋을 것 같다고 했다. 혼자서 고민도 해보고, 다른 사람들의 조언도 생각해보면서 몇 개월이 흘렀다.

처음에는 직장에서 자주 사용하는 툴을 전문으로 다뤄보기로 했다. 유튜브 채널도 바꾸고, 커리큘럼도 바꿨다. 물론 내가 가장 잘하는 분야라서 크게 힘들지는 않았다. 하지만 이상하게 하기가 싫었다. 강의나 강좌를 하고 나면 사람들의 만족도는 높은데, 나의 만족도는 낮았다. 일하는 것이 재미없어지더니 나중에는 일이 정말 일이 되어버렸다. 그냥 다 하기 싫어졌다. 그래서 다시 손을 놨다.

한참이 흐른 후 출판을 하기로 했다. 그리고 출판을 해보니, 저자로서 책이 나왔을 때보다 더 큰 희열이 있었다. 내가 직접 책을 만드는 것은 다른 일보다 만족도가 상당히 높았다. 책을 만드는 것 자체도 재미있었고, 출간되었을 때의 희열도 상당히 컸다. 하지만 이 일도 뭔가 이상했다. 사람들의 글을 바꾸고, 수정하는 것이 점점 지겨워졌다. 물론 보람된 일이고 재미있는 일이었지만, 내가 지금 왜 이 일을 하는 것인지에 대한 의문이 들었다. 다른 사람의 책을 만드는 것이 정말 얼마나 의미 있을까? 시간이 없다는 핑계로 내 글도 안 쓰고 있는데 말이다. '내가 글을 수정하면, 이 글이 내 글도 아니고 그 사람의 글도 아니지 않을까?' 등 의구심이 생겼다. 그리고 '다른 사람들의 글을 보는 시간에 내 글을 쓰는 게 더 의미 있는 것은 아닐까?' 라는 질문도 들었다. 다시 방황을 시작했다. '내가 해야 할 일은 무엇인가?' 라는 질문을 잡고 다시 몇 개월을 보냈다. 내가 할 수 있는 일은 여러 가지가 있었다. 지금 당장 시작해도 되고, 이전에 하던 일을 해도 된다. 하지만 다른 일은 마치 내 옷이 아닌 옷을 입고 있는 것 같았다. 내가 평생 가지고 갈 그런 일을 하고 싶었다. 이런 생각으로 다시 몇 개월이 지났다.

'무엇을 하고 살까?' 라는 질문을 시작하고 거의 1년이 지났다. 물론 그 기간에 기존에 하던 일들을 여러 가지 반복하고 있었고, 쉴 새 없이 매일 바쁜 일정을 보내기는 했다. 하지만 마음속에서는 마치 아무 일도 하지 않는 것처럼 느껴졌다. 1년 정도가 지나자 대략적으로 내가 가야 하는 방향에 대한 그림이 그려지기 시작했다. 그것은 나를 표현하는 것이었다. 다른 사람들에게 도움을 주는 것보다 내 이야기를 해야겠다는 생각이 들었다. 그것이 내가 해야 할 일이고, 가야 하는 방향이었다. 지금 이렇게 책을 쓰고 있는 것도 그 일환이다. 나는 앞으로 나의 삶을 이야기로 만들어 갈 것이다. 내 삶을 글로 빚는 사람이 되어, 말그릇을 사람들에게 나누어 줄 것이다. 내 생각을 이야기하는 글을 더 많이 쓸 것이다.

어떤 분이 물어본 적이 있다. "좋아하는 일을 해야 할까요? 잘하는 일을 해야 할까요?" 나는 당연히 잘하는 일을 해야 한다고 말했다. 좋아하는 일이 있지만, 본인이 그 일을 잘하지 못한다면 그냥 취미로 가지고 있으라고 했다. 잘 못한다는 것은 다른 사람에게 도움이 안되기 때문이다. 도움이 안되는 것을 다른 사람에게 보여줄 이유는 없다. 다른 사람에게 보여준다는 것은 그것이 다른 사람에게 쓸모가 있는 것이어야 한다. 쓸모가 없는 것을 보라고 하는 것은 민폐다. 다른 사람의 시간을 나를 위해 낭비하라고 요청하는 것과 같다. 세상에 내놓는다는 것은 쓸모가 있어야 한다. 그래서 좋아하는 것보다는 잘하는 것을 해야 한다고 생각한다. 지금까지는 말이다.

그런데 이제는 조금 바뀌었다. 잘하는 것을 넘어선 것, 좋아하는 것을 넘어서는 것을 해야 한다고 생각한다. 가슴이 뛰는 일을 해야 하고, 그리고 그것이 세상에 쓸모가 있도록 만들어야 한다. 물론 쉬운 일은 아니다. 가슴을 뛰게 하는 일이 내가 아직 잘하는 수준이 아니라면, 오랜 기간의 노력도 필요할 것이다. 노력이 힘들어 가슴이 뛰는 일이 아닌, 당장 해야 하는 일만 한다면, 분명 얼마 지나지 않아 지칠 것이다. 그리고 다시 어떤 일을 해야 할지 고민하게 될 것이다. 미래를 그리지 못하고 현재만 사는 사람은 앞으로 나아갈 방향이 정해지지 않았기 때문이다. 방향을 모르니 이곳저곳을 가보며 자신의 길을 찾는 데 시간을 소비한다. 내가 어떤 일을 해야 하는지, 어떤 모습이 되고 싶은지를 생각해보는 것은 미래의 나를 그려보는 작업이다.

가슴이 뛰는 일을 잘하려는 노력은 미래의 나를 만나기 위한 입장료 같은 것이다. 비록 지금은 서툴고 잘하지 못하지만, 꾸준히 흔들리지 않고 내가 가슴이 뛰는 일을 잘하려고 노력한다면, 언젠가는 그 일이 다른 사람의 가슴도 뛰게 할 것이다. 노력은 내가 하는 일에 세상의 쓸모를 부여한다. 내가 현재의 삶이 괜찮다고, 지금 좀 편안하다고 생각해서 지금에 머문다면 딱 그 정도의 사람이 되고, 딱 그 정도의 삶이 된다. 그리고 얼마 지나지 않아 지겨워지고 하기 싫어진다. 피곤한 일이 되고, 자신을 갉아먹는 일이 된다. 만족은 잠깐의 편안함을 선사하지만 이내 고통으로 변한다. 위대해지기 위해서는 만족에 머물지 않아야 한다. 매일 조금씩 움직여야 한다.

그 여정이 일 년이 걸릴지, 십 년이 걸릴지는 아무도 모른다. 오래 걸린다면 더욱 나의 가슴을 뛰게 하는 일이어야 한다. 긴 여행 동안 설렘은 나를 지속해서 걸어가게 할 동반자가 되어 줄 것이다. 가슴이 뛰는 일을 하고, 절대 좋은 것에 만족하지 않으며, 위대해지는 것을 꿈꿔야 한다. 결국 내 가슴이 뛰는 일이 다른 누군가의 가슴도 뛰게 한다.

5. 발로 뛰어야 산다 - 형주연

"어디까지 가봤어?" 학원이라는 공간이 생각해보면 원장실 하나에 교실 몇 개, 그리고 탕비실, 복사실 정도다. 학원마다 크기의 차이일 뿐 그 안에서 모든 게 해결된다. 고객을 만나러 나갈 필요도 없고, 학원 안에 있으면 고객이 찾아와 주는 구조다. 공교육처럼 정기적으로 연수가 있는 것도 아니다 보니 외부활동이 많지도 않고, 상담실과 수업하는 교실만 왔다갔다하면 된다. 그렇다 보니 바깥세상과 단절되기도 하고, 만나는 대상 한정화는 당연할 수밖에 없다. 20대에 시작해서 어느덧 40대가 되었는데, 여전히 말투와 복장이 나잇값을 못하는 이유가 저런 한 공간에서 우물 안 개구리로 살아서라고 소심하게 변명해 본다. 학원을 처음 시작했던 시기에 하루 12시간 이상을 학원에서만 거주했다. 그렇게 수년을 지내다 보니 다른 일에 대한 로망도 생기고 바깥일에 호기심도 많아졌다. 학원에 대한 매너리즘에 빠질 때쯤 생각에 생각의 꼬리를 물고 해낸 생각이 '아이들과 함께하는 것이라면 밖으로 나가도 되지 않을까?' 였다. 살아보겠다고 발로 뛴 셈인가? 꿈이 없다고 외치는 학원생들을 데리고 학습 동기를 유발하겠다고 SKY 탐방을 기획했던 것도 '오로지 학생 중심'을 기반한 발로 뛰기 1편이었다. 2편으로는 미국 아이비리그 투어도 갔으니, 그야말로 정말 발로 뛰어다녔다. 그곳에서 예일대를 꿈꾸게 했던 K 제자는 지금 외국계 회사에서 열심히 근무하며 여전히 나와 뉴욕의 한겨울을 얘기하며 지내고 있다. 그 기획과 실행력은 아마도 바깥세상에 대한 갈망에서 비롯된 게 아닐까 싶은데, 그래서 그런 갈망이나 결핍이 꼭 나쁜 것만은 아니라는 결론이다.

그렇게 하나둘씩 발로 뛰어 바깥세상으로 아이들과 손잡고 나가는 항해는 해외 연수 캠프로 이어지게 된다. 학원에만 매달리며 학원 안에만 있던 나는 업무상 외부로 나갈 일이 없다 보니 해외 여행은커녕 국내 여행도 쉽지 않았다. 그러던 중 2000년 초반 대한민국에 해외 영어 캠프 열풍이 내 결핍에도 도움을 주었다. 방학 때마다 학원생이 하나둘씩 빠져나가는 걸 볼 수만은 없으니, 내가 그 바깥세상이 얼마나 좋길래 형편이 좋지 않던 아이들도 해외로 나가는 데는 아낌없이 투자하시는지 직접 보고 싶어졌다. 그렇게 유학원을 설립하고 공식적으로 캐나다, 미국, 말레이시아, 필리핀 어학연수 프로그램을 하나둘씩 만들어 가며 세상에 발을 내딛기 시작했다. 누구보다 안전하고 알찬 연수를 보내면 좋겠다는 생각으로 연수 기간 내내 나도 동반하며, 그곳에서도 인성교육 프로그램 운영자로 1년에 두 번, 한두 달씩의 바깥 발걸음을 만들 수 있었다.

그 덕분에 한국 대학 입시만 준비해 줄 수 있던 나는 해외 캠프들을 통해 외국 대학들의 입학사정관제도와 입학 절차를 깊이 있게 알게 되었다. 그로 인해 국내 대학뿐만 아니라 해외 대학까지도 컨설팅해주는 전문가로 성장했다. 출장으로 잠깐 둘러보던 것보다 직접 속속들이 그곳 생활이 궁금해지기도 했고, 내가 아는 것이 다가 아닌 그 이상의 것들이 배우고 싶어졌다. 그렇게 해외 살이를 자처하여 아이들과 함께 나가 살 것을 결심했다. 그때는 학원과 겸임교수를 병행할 때여서 나는 안식년을 신청하고 남편에게는 휴식년을 주는 기회였다. 그 당시 그곳에서 배운 것들이 오히려 한국 현지에 도움이 정말 많이 되었고, 한국 원생들을 만나기 위해 주기적으로 한국을 왔다갔다하면서 외국 고등학교 진학이 필요했던 학생들에게 도움을 줄 수 있었다. 매 순간 모든 발걸음이 헛됨이 없었다.

'내 언어의 세계가 내 세계의 한계다(루드비히 비트겐슈타인).' 라는 말이 있다. 가르치고 정보를 주는 우리 선생들의 한계가 아이들의 한계라고 생각한다면, 그냥 교과서적 지식만 가지고 전달하는 건 부족하단 생각을 했다. 국어, 영어, 수학 일반교과 보습학원에서 교과성적을 올리는 게 가장 기본인 건 잊으면 안되는 게 맞지만, 아이들과 관련된 모든 것들에 관심을 두고 있어야 하는 것도 틀린 발걸음은 아니란 생각이다. 이런저런 생각을 하고 여러 갈림길에 발을 디디게 된 것은 그런 교과 성적을 올려야 하는 우리 아이들의 동기부여를 위한 마음에서 시작된 거다. 우리만의 리그 밖에 얼마나 많은 세상과 길들이 있는지 몸소 내가 먼저 걸어보고, 학생들과 함께 손잡고 걷기 위함이었다. 그러한 발걸음이 학원 원장으로서의 발이라는 건 잊은 적이 단 한 번도 없다.

최근 고3들만 만나다 보니 아이들의 생활기록부를 자주 보게 된다. 그 안엔 공부만 해서 올릴 수 있는 것이 있다. 하지만 반짝 공부해서 손볼 수 없는 것도 있다. 숫자로는 표기될 수 없는 정성 평가되는 공간인데, 학교에서의 학생들 언행이 기록되며, 교과목과 관련된 수행평가와 여러 가지 학교에서의 활동들, 그리고 스스로 직접 탐구하여 내는 보고서 등을 적는 세부 특기사항을 비롯해 담임 선생님의 1년간의 학생에 대한 보고서 같은 내용을 적는 곳이다. 나의 발걸음은 성적을 넘어선 그곳을 위한 아이들의 태도와 연구 활동에 관한 부분까지 딛고 있다. 아이들을 위한 진짜 필요한 교육, 인성교육, 성교육, 환경 교육 그리고 진로 관련 교육을 꼭 해야만 하는 이유도 바로 저 공간을 채워주기 위함이었다. 그런 것들이 고3 시절 하루아침에 쌓일 수 없다는 걸 알고 시작한 초, 중 전문관인 '인성관'은 현재 자리가 없어서 추가 편성이 이뤄지기까지는 대기해야 하는 상황이다. 이런 인성관을 찾아주시는 부모님의 마음속에도 성적과 같은 숫자뿐만 아니라 아이들의 진짜 행복과 도리 그리고 인성에 대한 갈망이 나와 같은 방향으로 걷고 있다는 것을 증명해주고 있다. 학원이라는 무대에서 탭댄스 추듯 마구 춤추는 내 발이 앞으로 또 어디로 향할지 모른다. 그런 나의 어디로 튈지 모르는 발걸음은 바로 우리 아이들의 미래를 위한 발돋움이니까. 그런 내가 일하고 있고 발 동동 구르고 있는 곳이 바로 내 학원이다.

6. 초심을 잃지 말자 - 김만수

아들이 가끔 이런 농담을 한다. "아빠, 반백을 살았으니 아직

청춘이다.” “15년만 버티면 되겠다. 내가 지금 20살이니 대학 졸업하고 취직해서 기반 잡으려면, 계산해 보니 35살이 되면 되겠다.”라고 한다. 20살이 되어도 아직 아버지라 부르지 않고 아빠라 부르며 말을 놓는 아들이 철이 없어 보이면서도 웃으면서 던지는 말에 따사로움이 느껴진다. 반백이라는 말을 듣고는 어느새 그렇게 긴 세월을 보냈나? 하며 새삼스럽기도 하고 지나온 세월이 주마등처럼 지나가기도 하니 감회가 새롭다.

가르치는 일을 시작할 때부터 첫 공부방에서의 일이며, 단기간에 잘되다 보니 32평 공부방에서 43평 공부방으로 옮겼던 일이며, 그곳에서 있었던 여러 가지 일을 떠올리면 웃음이 난다. 그러고 보니 살아오는 동안 한 번의 실패가 아니라 두 번의 실패가 있었음을 이 글을 쓰면서 깨닫게 되었다. 학원을 운영하다 보면 힘든 경우는 선택지가 거의 없지만, 상황이 좋은 경우는 선택지가 여러 가지 있을 수 있다. 행복한 고민을 하는 경우가 많다는 것이다. 그러나 화무십일홍이라 꽃은 피면 금방 시들기 마련이고, 학원은 잘되다가도 꺾이기 일쑤다. 상황이 좋을 때 신중해야 한다. 43평으로 옮길 때의 얘기를 잠시 해보면, 32평으로 처음 오픈했을 때 대단히 많은 걱정을 하던 아내의 모습은 자신감에 차 있던 나를 다소 긴장하게 했다. 한 달에 내는 월세, 관리비 그리고 생활비를 생각하며 최소한으로 벌어야 하는 액수 등등 여러 가지 걱정거리가 스며들었다. 국어를 가르치던 두 명의 학생을 시작으로 운영했는데, 2달간은 그 학생들 그대로 수업을 진행했다. 물론 공부방을 오픈했음을 알리는 기본적인 홍보는 했지만, 모든 것이 낯설어 허둥거렸다. 5월에 중간고사가 끝나고 학생들 시험 성적이 좋게 나오자(물론 두 명뿐이었지만), 그 학생들의 동생들도 보내 주셨고, 다른 학부모님들께서도 소개를 많이 해 주셨던 까닭에 팀을 이루어 보내 주셔서, 기억으로는 4~5팀으로 구성해 수업을 진행했다. 공부방을 오픈한 지 얼마 지나지 않아 모든 강의실이 꽉 차서 2학기 시험 기간에는 불편함이 생기기 시작했다. 운이 좋았다. 시간이 흘러 자신감에 차 있었던 나는 8개월이 지나면서 43평 공부방으로 옮겨가게 되었다. 나름 꼼꼼하게 옮겨가게 될 공부방의 위치와 기존의 공부방과의 거리 등등 학원생들의 이동 동선 등을 챙기며 한 곳을 선택했다. 꼼꼼하게 생각하고 선택했던 그곳이 내 인생에 첫 시련을 안겨다 줄 줄이야 누가 알았겠는가!

첫 수업을 시작하고 나서 일주일 동안 많은 사건이 발생했다. 공부방은 1층이었고 늦은 시간에 수업을 진행하므로 이웃 주민들에게 피해를 주지 않기 위해서 나름 조심해서 수업했는데, 2층에 사는 사람이 시도 때도 없이 황급히 내려와서 항의를 시작했다. 수업 도중에 내려오는 건 둘째 치고 문을 쾅쾅 두드리곤 해서 수업을 중단해야 하는 경우가 허다했다. 예전의 공부방에서는 더 크게 강의하고 마음껏 움직여도 아무런 항의를 받지 않았는데, 이분들은 왜 이러는 거지? 하면서 큰 고민거리가 생긴 것이다. 그런데 여기서 한 가지 생각하지 못한 게 있었다. 32평 공부방에서는 왜 항의가 없었냐는 것이다. 뒤늦게서야 알게 된 것이지만, 2층 분들은 집을 비워두고 해외에 나가서 지내셨던 것이었다. 당연히 항의가 있을 수 없는 상황이었고, 옮겨간 43평 공부방의 2층 분들은 자려고 방에 누우면 공부방에서 수업하는 내용이 들려 신경에 거슬렸단다. 그것도 나중에 안 사실이지만, 그 아파트는 모두 5차까지 있었는데 1차, 2차, 3차를 관리하는 관리위원장의 아파트였다. 비유하자면 부산에서 부산시장 정도의 힘이랄까, 아파트 내에서는 2층 사람들에게 그 정도의 힘이 있었다.

아, 이 일을 어찌한단 말인가! 찾아가서 죄송하다고 사과도 해보고 여러 가지 선물을 드리기도 했지만, 소용이 없었다. 거기에 더해 학생들도 이런 상황을 알던 터라 2층 사람들이 밉다고 음식을 시켜 먹고서는 쓰레기를 2층 앞에다 버리는 만행을 저질렀다. 물론 전혀 인식하지 못한 상태에서 말이다. 학생들의 행동은 사뭇 정의감과 의리에 불타서 당하기만 하는 원장님을 위해 그런 행위를 했다고 이해는 하지만 결과적으로 불난 집에 기름을 부은 격이었다. 노발대발 난리가 났고, 학생들을 데리고 가서 다시 머리를 조아렸다.

당시는 정말 앞이 캄캄한 상황이었다. 관리위원장의 힘은 얼마 지나지 않아 발휘되기 시작했다. 교육청과 경찰의 힘을 동원하기 시작했다. 곧이어 두 손 두 발 다 들고 쫓겨나다시피 한 곳은 공부방으로부터 한참 떨어진 곳이었다. 정신은 피폐해졌고 마음이 어지러워 도무지 일이 손에 잡히지 않았다. 아나나 다를까, 거리가 좀 멀어지니 학생들도 하나둘 그만두기 시작했다. 잘 다듬어 놓았던 학생들이 떠나갈 때 마음의 아픔은 이루 말할 수 없었다. 섣부른 확장을 무척이나 후회하며 술로 지샜다. 지금도 주위에서 학원을 새롭게 시작하거나 학원을 운영하다가 여러 사람이 법인을 만들어서 확장의 꿈에 부풀어있는 분들을 종종 본다. 혼자서 하거나 누군가와 동업하는 일은 시작하기가 쉽고, 한 번 방향이 정해지면 일사천리로 진행되는 특성이 있다. 시작되고 나면 옆을 둘러보기 힘들다 앞만 보고 전진이다. 일이라는 게 타이밍도 있고 일사천리로 해야 하는 부분도 있지만, 한 번 속도를 내기 시작하면 브레이크를 밟기 싫어한다. 브레이크를 밟고 옆을 돌아다 볼 시점이 되면 이미 바퀴가 늪에 빠져서 밖으로 나오기 힘든 상황도 많다.

여기서 잠시 조선 시대 정약용이 남긴 〈수오재기〉라는 수필집을 살펴보자. 정약용의 큰형 정약현은 '수오재' 라는 이름으로 초심의 잃음을 경계했다. 정약용은 처음에는 형의 뜻을 몰라서 의아했는데, 유배지에 와서야 회고해 보니 둘째 형 정약전은 천주교 박해로 죽고, 출세 가도를 달리던 자신은 귀양 온 신세가 되었는데 큰형만 가문을 온전히 보존했다. 누가 알았으랴 '나' 를 지키는 것이 그리 힘들 줄이야! 재산이나 집, 땅을 지키는 것보다 본질적인 '나' 를 지키는 중요성은 마음에 새길만 하다. 눈앞의 이익이 커 보여 그 이익을 위해 행동하면서 주위를 둘러보지 않으면 낭패를 보기 십상이다. 유혹에 빠짐을 경계하는 정약현의 지혜로움이 가슴 깊이 와 닿는다. 큰일을 결정할 때 귀와 마음을 열고 주위 사람들의 말을 경청하면서 결정하는 것이 중요하고, 이후에는 초심을 잘 지켜서 주위를 살피며 일을 진행해 나가는 점의 중요함을 역설한 것이다.

제7장

학원인의 가치

1. 타인을 돕는 사람들 - 김만수

어릴 때부터 지갑을 줍는 일이 많았다. 가족들과 외식을 하고 집으로 가다가 지갑을 주워서 주인을 찾아 주었던 일. 155번 종점 버스 안에서 여성용 가방을 주워서 연락하니 아기들을 챙기느라 가방을 놔두고 내렸다고 고마워하던 아주머니. 또 해운대 방향 버스 안에서 졸다가 종점까지 가서야 깜짝 놀라 부랴부랴 내리려고 하다가 발에 밟히는 것이 있어 보니 여성용 손지갑이었다. 지갑을 찾아 주려고 전화해 보니 들려오는 목소리는 영어를 하는 외국인. 운전하기 위해 주차장에서 시동을 걸려고 하는 순간 와이퍼에 보이는 가방. 혼자 웃으며 참 희한하게 나한테만 특별히 지갑이 눈에 띈다. 그것도 찾아 주고 보니 같은 주차장을 쓰는 부산은행 여직원. 앞의 경우와 마찬가지로 아이들을 챙기다가 옆 차 와이퍼 위에 잠깐 놔두고 갔단다. 다대포에서 신혼생활을 할 때였다. 일 년에 한 번 여름이 되면 다대포에서 록 페스티벌이 열렸는데, 록 음악의 특성상 사람들이 뛰면서 음악에 자아도취하곤 한다. 그래서 페스티벌이 끝난 후에 가 보면 백사장에 지갑이 어찌나 많이 떨어져 있던지, 이미 내용물이

쏙 빠져 있는 지갑도 있었고, 때마침 모래에 덮여 멀쩡한 지갑도 눈에 띄었다. 품 안으로 들어온 지갑들의 인연을 소중히 하며 애타게 찾고 있을 주인들의 마음을 생각해서 오롯이 원래의 자리로 돌아갈 수 있도록 해주곤 했다.

타인을 돕는 것이 나를 돕는 것이다. 지갑을 찾아 주는 행위는 타인을 이롭게 하는 것이기도 하지만, 정작 마음이 훈훈해지는 것은 나 자신이다. 누군가의 마음을 헤아리면서 돕는 것은 소중한 가치이다. 마음을 헤아리지 못하면 이해하지 않게 돼서 결국 공감대를 형성하지 못한다. 누구에게나 기본적으로 갖춰야 하는 소양이지만, 특히 본인만의 사업을 하려는 사람에게 특별히 요구된다. 학부모든, 학생이든, 강사든, 승합차 기사님이든 모두가 나를 위해 존재하는 사람들이고, 그분들을 옆에 오래 두려면 마음을 헤아리며 도움이 되어야 한다. 과거의 시절로 돌아가서 몇 가지 이야기를 해보면, 군대에 있을 때 봉사활동을 많이 했다. 부대 앞에 있는 보육원에 가면 사연이 있는 아이들이 순진한 얼굴을 한 채 우리를 맞아 준다. 상황을 보면 아이들에게 우리가 줄 것이 더 많아 보였지만, 항상 뭔가를 받는 기분이었다. 부모님의 사정으로 인해 생활이 좋지 않았을 뿐 마음은 우리보다 가난하지 않았다. 오히려 더 음식을 챙겨주고 같이 노래를 부르며 따뜻한 마음을 나누려고 했다.

또 지체 아동이 있는 재활원 센터에도 갔었는데, 처음 간 날이 아직도 기억에 생생하다. 고등학생쯤 되어 보이는 아이들이 농구를 하고 있었고, 군용 60트럭이 도착하니까 반가워서 "와" 하고 달려왔다. 순간 트럭에서 내리기 무섭게 뒷걸음질을 쳤다. 팔을 좌우로 심하게 흔들면서 뛰어오는 아이가 있었는데, 덩치가 우리보다 더 컸고 정상적인 상태가 아닌 모습으로 빠른 속도로 달려왔다. 알고 보니 당시에 나이 차이가 별로 나지 않는 19세였고, 이듬해부터는 나이가 꽉 차서 보호소를 나가야 한다는 것이었다. 담당자분이 그 아이의 정신 연령은 아직 초등생 수준이라 걱정이라고 했다. 보호소에 들어가 보니 그런 아이들이 곳곳에 있었다. 교실(교실처럼 여자 담임선생님이 있었던 기억)에는 우는 아이들, 장난치는 아이들이 많았고, 젊은 여자 선생님들은 그런 아이들을 통제하기 위해 애를 쓰고 있었다. 통제하는 것을 도왔는데, 그 와중에 변을 옷에 싼 아이가 있었다. 어디선가 코를 찌르는 변 냄새에 나도 모르게 인상을 쓰고 있는데 여자 선생님이 도와 달라고 요청해 왔다. 가서 돕는데 냄새가 너무 고약해 코를 막고는 아이를 욕조로 옮겼고, 선생님은 익숙한 손놀림으로 아이의 옷을 벗기고 기저귀를 뺀 후 엉덩이 주위를 씻기고 목욕을 시켰다. 나중에 여자 선생님이 미혼의 아가씨라는 것을 알았다. 힘든 일을 그리 능숙하게 할 수 있음이 놀라울 뿐이었다. 모든 것은 마음의 문제라는 것을 깨달았다.

타인을 돕는 사람들의 마음은 오히려 타인을 도우면서 스스로가 도움받는 것임을 잘 알고 있다. 다른 사람을 도움으로써 고마움의 인사를 받고 그 인사로 말미암아 훈훈함을 느끼고 자신의 영혼을 따뜻하게 하는 것이다.

학원을 운영하는 것도 이와 유사한 점이 있다. 단순히 사업가의 안목으로 이익을 목적으로 한다면, 학원비를 내고 다니는 학생과 학원비를 받고 돈을 버는 원장과 강사가 있을 뿐이다. 물론 이익을 내는 것은 기본이다. 손해를 보면서 다른 사람을 돕는다는 것은 어려운 일이다. 이익을 내면서도 사회적 기여를 통해서 상생과 공존의 원리를 실천하는 기업과 학원도 많다. 학원비의 1%를 어려운 이웃을 돕는 자선기금으로 활용하는 학원.

강원도에 가서 교육의 기회가 적은 학생들에게 재능 기부를 하는 선생님들, 어려운 학생들에게 학원비를 감면해 주시는 원장님들의 따뜻한 마음이 사회를 아름답게 만드는 것이다. 학생을 돕는 차원에서 접근한다면, 학생들을 기계적으로 대하지 말고 학교생활과 가정생활 그리고 학원 생활에는 어려움이 없는지 살펴보고 학생들이 불편하지 않도록 잘 챙기는 것도 돕는 행위에 포함된다. 보통 타인을 돕는다는 것은 타인의 어려움이나 힘든 상황을 극복할 수 있도록 영향을 끼치는 행위라고 거창하게 생각한다. 그러나 본업에 충실한 것도 타인을 이롭게 하는 것으로 볼 수 있다. 본업에 충실한 것은 기본적이면서도 어려운 일이기 때문이다. 수업 준비를 열심히 해서 감동을 줄 수 있다면, 그것도 힘들고 지쳐있는 학생들에게 기운을 불어넣어 줄 수 있는 선행인 셈이다.

도움의 형태는 여러 가지이기에, 밖으로 나서서 하는 드러나는 선행도 있고, 본업에 충실하면서 타인을 만족시키는 암묵적인 선행도 있다. 내년이면 나이의 앞자리가 또 바뀐다. 이제는 살아온 날보다 남아 있는 날이 적다. '어떻게 하면 가치가 있는 삶을 살 수 있을까?' 에 대한 생각을 자주 한다. 쉽게 결론을 내릴 수는 없더라도 선행의 가치를 우선시한다. 타인을 돕는다는 마음으로 학원을 운영한다면, 자신의 영혼도 따뜻하게 할 수 있고, 사회를 아름답게 지탱해 나가는 디딤돌이 된다고 생각한다. 이 글을 쓰는 오늘, 누리 호가 한 번의 시행착오 끝에 발사에 성공한 날이다. 대한민국 우주 산업에 축복이 아닐 수 없다. 학원을 운영하거나 준비하는 이들에게 누리 호의 성공과 영광이 함께하길 기원한다.

2. 누구나 가슴 속에 가능성 하나쯤 품고 산다 - 허필선

내가 온라인 프로그램을 만들고 운영할 때 근간이 되는 몇 가지 기본 가치와 정신이 있다. 그중 하나는 '자신을 향한 믿음' 이다. 어떤 프로그램에서든 회원들이 자신이 변할 수 있다는 것을 믿지 않으면 성과는 나오지 않는다. 자신을 향한 믿음이 있어야만 내가 원하는 성과와 회원들이 원하는 성과를 만들 수 있다. 그래서 프로그램을 시작하는 첫날 이 얘기를 하곤 한다. "자신이 바뀔 수 있다는 것을 믿는 사람이 있고, 믿지 못하는 사람이 있습니다. 자신을 믿는 사람은 분명 원하는 성과를 가져갈 것입니다. 자신을 믿지 않기 시작하면, 못한다는 마음이 점점 커져서 결국 자신을 집어삼킬 것입니다. 자신을 믿어주세요. 우리는 자신이 원하는 대로 바뀔 수 있는 사람입니다. 자신이 할 수 있다고 믿어주세요." 이 얘기를 프로그램 첫날 한 후 프로그램을 운영한다. 프로젝트가 끝나고 나중에 듣는 얘기들이 있다. "작가님, 정말 그렇게 되더라고요. 나도 할 수 있을까? 싶었는데 정말 돼서 신기했어요."

나는 '자신을 향한 믿음'이 모든 행동의 근간이라고 생각한다. 그리고 모든 변화의 근간이라고도 생각한다. 우리에게 필요한 대부분은 이미 자신의 마음속에 들어 있기 때문이다. 그래서 어떤 기교를 배우는 것보다는 자신이 원하는 것을 찾고 자신의 안에 있는 것을 꺼내는 작업에 집중한다. 글쓰기 교실을 운영할 때는 누구나 글을 잘 쓸 수 있다는 것을 알려주고, 쉽게 글 쓰는 방법을 알려준다. 이미 모든 것이 자신의 안에 있기에 자신이 그렇게 할 수 있다는 것을 인정하면, 지금까지 해오던 방식과는 완전히 다른 결과물을 만들 수 있다.

내가 운영하는 프로그램 중 속독 프로그램도 있다. 이 프로그램에서는 일반적으로 알고 있는 속독의 기술은 거의 사용하지 않는다. 대신 빨리 읽으려는 마음을 강화하는 데 초점을 맞춘다. 아주 상식적인 방법으로 누구나 따라 할 수 있는 속독법이다. 상식적인 방법의 속독법만으로 평균 70%~100% 정도의 독서 속도 향상을 보인다. 프로그램 첫날 이 말로 문을 연다. "자신이 빨리 읽을 수 있다는 것을 인정하세요. 자신을 믿어주세요." 그리고 첫 번째 미션은 1분간 눈을 감고, 자신이 빨리 읽고 있는 모습을 상상하고 그렇게 될 것이라고 믿으라고 한다. 1분 명상이 끝난 후에는 타이머를 10분에 맞춰놓고, 상상한 모습과 같이 빨리 읽어보라고 한다. 이것이 첫날의 미션이다. 이렇게만 해도 보통 20~30%는 빨라진다. 기존의 책을 읽는 것과 별 차이는 없다. 속독 방법을 가르쳐 준 것도 아니고, 자신이 모르던 기술을 알려준 것도 아니다. 단지, 책을 읽기 전 1분을 추가해 자신이 빨리 읽을 수 있다는 믿음을 갖게 한 것뿐이다. 자신에게 믿음을 주는 이 작은 행동 하나가 결과를 바꾼 것이다.

물론 모든 사람이 빨라지지는 않는다. 한 분은 전 프로그램 내내 전혀 빨라지지 않은 분이 있었다. 그분과 대화를 하며 원인을 알아봤다. 그분은 우선 미션에 있는 내용을 하지 않았다. 왜 하지 않았냐고 물었더니, 자신은 천천히 읽으면서 그 의미를 곱씹어야 하는 사람인데, 빨리 읽으려고 하니 책을 안 읽는 것 같아 죄책감이 들었다고 했다. 마음이 변하지 않는다면 변할 수 없다는 것을 알기에 내가 도와드릴 수 있는 것은 없어 보였다. 그래서 알았다고만 했다. 이분의 생각을 들여다보자. 이분은 우선 자신의 독서를 정의했다. 자신에게 독서란 한 글자씩 찬찬히 읽는 것이고, 자신은 원래 그런 사람으로 정의했다. 내가 가장 놀랐던 점은 '원래 그런 사람'이라고 말하는 부분이었다. 이 단어를 사용하는 것을 보고 이분은 절대 바뀌지 않을 분이라고 느꼈다. 사람은 누구나 정의를 내리고 나면 그것을 유지하고 따르려고 한다. 정의를 내리는 것은 불필요한 에너지 소비를 줄이고 위험요소를 줄이는 순기능이 있다. 문제는 정의를 내리고 나면, 정의에서 어긋나는 것은 들으려 하지 않고, 시도하지 않는다는 점이다. 1분간 명상을 하라는 것도, 빨리 읽겠다는 생각을 하는 것조차도 자신이 내린 독서법 정의에 위배되니 하지 않는 것이다. 새로운 시도를 하는 것이 자신이 세운 정의를 깨야 하는 부분이기에 깨려고 하면 죄책감이 들기도 한다. 그분은 결국 어떤 시도도 하지 않고, 변하지도 않은 채 프로그램을 끝내셨다. 그리고 한 1년이 지났다. 그분은 이제야 지금까지의 독서에서 벗어나 이제 좀 대충 읽으려고 노력하고 있다고 했다. 1년 전에 할 수 있던 기회를 놓치고 1년이 지나서야 자신의 정의를 깨고, 다른 것을 받아들이려고 시도하기 시작한 것이다.

누구나 가능성은 있다. 누구나 현재의 모습에서 달라질 수 있다. 하지만 자신의 정의로 가득 찬 사람은 자신이 정한 정의 속에서만 살아간다. 자신의 모습을 지키기 위해, 흔들리지 않고 자신의 길을 가기 위해 만든 기준과 정의가 때론 자신을 옭아매는 사슬이 되기도 한다. 태국에서 코끼리를 조련할 때 쓰는 방식이 있다. 어렸을 때 코끼리의 다리를 사슬로 묶는다. 어린 코끼리는 쇠사슬을 끊으려고 몇 차례 시도하지만, 쇠사슬을 끊을 수가 없다. 몇 번의 시도 후 쇠사슬에서 도망칠 수 없다는 것을 인정한다. 그리곤 언젠가부터 쇠사슬을 끊으려는 노력을 멈춘다. 성인이 된 코끼리는 충분히 쇠사슬을 끊을 충분한 힘이 있지만, 쇠사슬을 끊을 생각을 하지 않는다. 쇠사슬은 끊을 수 없다는 정의에 갇혀버린 것이다. 정의의 쇠사슬에 묶여있는 사람은 쇠사슬을 끊을 수 없다. 아무리 잘못된 정의라고 할지라도 말이다. 벗어나려고 시도하지 않는다. 쇠사슬을 끊으려는 시도 자체가 죄책감으로 느껴진다. 도덕의 개념으로 넘어가 자신을 옭아매는 것이다. 새로운 생각을 받아들이기 위해서는 정의라는 이름의 쇠사슬을 끊는 작업이 선행되어야 한다. 프로그램 운영자는 특히 더 그래야 한다. 자신의 방식에 따라 회원들도 영향을 받기 때문이다. 운영자는 회원들이 지금까지 세상을 바라보던 방식에서 벗어나 다른 관점으로 세상을 바라볼 수 있도록 도와줘야 한다. 세상을 바라보는 시각만 바꿔도 이전과는 완전히 다른 세상으로 나아갈 수 있다. 자신이 항상 옳다는 것만 내려놓으면 더 좋은 방법을 찾았을 때 언제든 변할 수 있는 사람이 된다.

누구나 가능성의 씨앗은 마음속에 품고 있다. 그 씨앗이 어떤 세상에서 뿌리내리고 자랐으면 좋을지 생각해보자. 그 세상을 생생하게 그려보자. 그 세상이 정해졌다면 그곳에 가는 방법을 찾아야 한다. 누구든 원하는 세상에 갈 수 있지만, 행동하지 않고는 갈 수 없다. 아무리 주위에서 좋은 방법을 알려줘도 마지막에 노를 저어 앞으로 나아가는 사람은 자신이다. 행동이라는 노를 저어 원하는 그곳에 도착한다면, 가능성의 씨앗은 그곳에 뿌리를 내리고 만개를 할 것이다.

3. 오직 주는 사람 - 이진선

며칠 전 친정엄마께 남의 자식한테 신경 그만 쓰고 네 자식 걱정하라는 말을 들었다. 대한민국에 존재하는 수백만 직업 중 타인의 자식을 걱정하는 직업이 몇이나 있을까? 남의 자식이 성공해야 내가 성공하는 학원사업은 오지랖 넓은 나에게 딱 맞는 직업인 것 같다.

얼마 전 인스타그램에서 한 강사의 글을 읽은 적이 있었는데, 공부는 양이 많지 않아도 핵심만 잘 짚어주면 좋은 성적으로 연결된다는 내용이었다. 이 의견에 일정부분은 동의하지만, 생각이 다른 부분도 있다. 나는 학습에도 임계량이 있다는 말을 믿는다. 그리고 만족할 만한 결과를 얻기 위해서는 기초학습에 에너지를 쏟아야 한다고 생각한다. 이런 이유 때문에, 원생들은 특별한 이유를 제외하고는 매일반으로 등록해 공부한다. 지금까지 기록한 학습 성과를 분석했을 때 매일 일정량을 학습하는 것이 가장 빠르고 만족할 만한 성과가 나온다는 것을 확인했기 때문이다. 이런 신념을 지킨 덕분에 대대적인 광고 없이도 신입생들이 꾸준히 유입되는 결과로 이어진 것이라고 생각한다. 물론 학습량이 많아지면 결과를 빨리 낼 수 있다는 사실은 누구라도 알겠지만, 시간의 가치가 돈과 같은 사교육 시장에서 '내가 손해 본다'는 생각을 가지고는 할 수 없는 일이라고 생각한다. 결국 교육은 투자인 것이다. 나는 시간을 투자하고, 학부모들은 돈을 투자하며, 아이들은 노력을 투자한다. 서로 투자한 만큼 좋은 결과가 만들어지고, 이런 사실은 특별한 광고 없이 학원을 알릴 수 있는 계기를 만든다고 생각하면 과연 아까울 것이 무엇이겠는가?

사람들은 물건의 구매가격보다 구매 경험을 기억한다는 워런 버핏의 유명한 연설이 있다. 예를 들어, 아이들은 나머지 공부를 싫어한다. 비록 교사는 오늘 문법 수업에 최선을 다했다 하더라도, 아이들은 집에 돌아가면서 나를 위해 최선을 다해 준

선생님의 모습은 떠올리지 않는다. 오히려 '공부를 포기해야 할 시점이 지금인가?'를 생각하며 짜증났던 나머지 공부만 기억한다. 하지만 아이에게 목표를 주면 이야기가 다르다. 비록 목표를 정해보자는 전략이 원장의 머릿속에서 나왔다고 하더라도 같이 노력해보자고 비전을 주어 학습하도록 했을 때, 아이들은 나머지 공부를 하는 게 아니라 본인들이 특별 관리를 받고 있다고 생각하기 때문이다.

얼마 전 어떤 TV 프로그램에 서울대 교수님이 출연해 이런 말씀을 하셨다. "오랫동안 앉아서 공부해야 공부를 잘할 수 있다는 것은 알지만, 목숨을 걸고 공부하는 사람을 누가 이기랴?" 공부는 도파민이 나오는 과정이 아니라서 중독이 되지 않는다고 한다. 그렇다면 목숨을 걸고 해야 잘할 수 있다는 이런 힘든 공부를 하는 데 도움을 줘야 할 사람들이 누구일까? 나는 그게 바로 우리 같은 사교육 종사자들이라고 생각한다. 학교에서 학업을 수행할 때 아이들이 놓칠 수도 있는 부분을 채워주고, 자칫 잃어버릴 수도 있는 목표를 찾도록 도움을 주는 그런 일들 말이다. 무작정 많은 학습량을 한꺼번에 쏟아 부어주자는 이야기가 아니다. 일정한 학습량을 소화하면서 공부그릇을 조금씩 넓혀가고 있다면, 내가 알고 있는 것과 모르는 것을 정확하게 구분해서 시간을 효율적으로 사용할 수 있도록 하는 메타인지 과정도 필요하다.

현재까지 오게 된 시간을 생각해보면, 학습을 지도하는 것 이외에 해야 할 일들이 정말 많았다. 부모와 같은 마음으로 아이들 한 명 한 명의 생활을 신경 써야 하는 사감 같은 역할도 하고, 학습은 뒤처지지 않았는지 확인해 가며 교육해야 하는 지도자 역할도 해야 한다. 간혹 슬럼프에 빠지거나 진로 결정에 도움이 필요한 아이들에게는 멘토 역할도 해야 하고, 때로는 개인적인 문제가 생겼을 때 상담을 해주는 상담사의 역할을 하기도 한다. 이 여러 가지 역할들은 어느 하나도 소홀히 할 수 없다. 이 모든 일들을 다 잘 해내야 한다고 생각하는 이유는 바로 사명감 때문이다. 교육 관련 종사자들의 사명감은 종류나 양이 다르겠지만, 모두 조금씩은 가지고 있으리라 추측한다. 지금 내가 학원 경영 이외에 청소년들을 대상으로 여러 강의를 하는 이유도 사명감 때문이다. 나에게 사명감이란 다음 세대를 위해 노력

하며, 그들이 사회에 도움을 주는 구성원으로 성장하도록 도와
야 한다는 책임감이다.

　융합 교육이 강조되는 시대적 흐름으로 하나만 잘하면 성공
하는 시대는 지났다. 요즘 사람들은 평생직장이라는 말 대신
'N잡러'라는 말을 자주 사용한다. 자신이 가진 재능에 따라 많
은 직업을 갖는 세대들과 같이 살아가는 시대이다. 이런 시대적
흐름에 맞게 사교육 시장에서 성공하려면 원장의 다재다능한
능력이 요구된다. 처음에는 그저 나의 안위를 위해 학원업을 시
작했지만, 시간이 가면서 책임감이 생겼다. 다음 세대를 마주한
다는 이유와 어떤 식으로든 그들에게 영향을 줄 수 있는 가능성
이 있기 때문에 특별한 사명감도 갖게 되었다. 내가 가진 지식
과 경험을 아이들에게 나눠주는 것만으로도 삶에 의미를 부여
할 수 있었다. 이런 이유로 아이들과 함께 생활하면서 내가 가
진 스펙에 거만을 떨거나 유세를 부린 적은 없다. 오히려 여러
분야의 지식이 쌓일수록 겸손한 마음을 가지고 아이들을 지도
했다. 그리고 지금도 여전히 다음 세대의 주역인 아이들이 그들
의 꿈을 이루는 여정을 거칠 때 어떤 도움을 줘야 할지에 대해

끊임없이 고민한다. 나는 내가 가진 교육적 재능과 사명감을 가지고 아직 작은 씨앗인 아이들의 꿈을 큰 나무로 자라도록 돕고 싶다. 아이들 앞에 닥칠 수도 있는 모든 문제들을 해결해 줄 수는 없더라도 그들이 나와 함께했던 시간들을 생각하며 성장하길 바란다. 적어도 영어가 인생의 걸림돌이 되지 않도록 돕는 것이 변하지 않는 목표들 중 하나다. 이런 희망들은 나를 지치지 않고 앞으로 나아가게 하는 원동력이다.

4. 직업이 아니라 소명 - 정치민

직업을 가지는 이유는 무엇일까? 기본적인 이유라면 '먹고 살기' 위해서일 것이다. 현대사회는 경제적인 능력이 생존능력과 직결되고, 그것을 해결하기 위해서 '직업'이 필요하다. 직업이 생존적 '도구'로서의 역할을 하기 때문이다. 하지만 이보다 더욱 고차원적이고 이상적인 이유를 덧붙이자면 자신의 '가치 증명'이라고 생각한다. 나의 능력을 가시적으로 활용하는 것과 동시에 자신이 얼마나 쓸모 있는 인간인지 증명할 수 있는 확실한 방법이기 때문이다. 그래서 '직업의 귀천'은 없지만, 시대에 따라 문화에 따라 막연한 서열이 매겨지는 것은 어쩔 수 없는 현상일지도 모른다.

그렇다면 직업의 서열을 매기는 기준은 무엇일까? 보편적으로 보자면 '경제력'이나 '사회적 영향력'으로 판단할 수 있다. 이 기준은 겉으로 가장 분명하게 드러나기 때문이다. 그래서 까다로운 검증으로 획득하게 되는 직업일수록 더욱 높은 평가가 내려진다. 전문직이나 고연봉의 직장인 등이 해당될 것이다.

그럼 반대로 보편적인 사람들의 인식 속에서 낮은 등수를 차지하는 직업은 하찮고 시시한 것일까? 단언하기에는 모호한 부분이 있다. 오히려 전혀 아니라고 생각한다. 서열이 매겨지는 것은 막연한 기준일 뿐 사람마다 추구하는 가치관이 다르기 때문이다. 직업을 '도구'나 자신을 드러내는 '방법'으로 보면 당연히 속세에 맞춘 값어치로 계산해 보게 된다. 하지만 직업의 가치를 생각할 때 타인의 평가, 수입이나 명성을 배제해야 한다. 나의 물건, 재능, 일에 대한 가치를 타인이 매긴다는 것 자체가 어불성설이다. 가방 속에 들어앉은 10년 된 지갑의 사연은 나만의 이야기이고, 책꽂이에 꽂힌 빛바랜 전공 책은 나만의 자부심이기 때문이다. 그 과정에서 다른 사람의 동의와 인정은 필요하지 않다. 마찬가지로 자신의 직업에 대한 가치는 오로지 자신만이 평가할 수 있는 자격과 권리가 부여된다. 남들은 거들떠보지 않을 낡은 지갑과 책이 그 무엇과도 바꿀 수 없는 소중한 물건인 것처럼 말이다. 당연히 주위의 누군가는 내 직업에 대한 평가를 내릴 것이다. 하지만 그 결과는 중요하지 않다. 진짜 점수는 내가 매긴 것만이 유효하다는 것을 기억해야 한다.

게다가 당신의 직업은 당신을 말해주지 않는다. 같은 직장 안에서, 같은 직종 사이에서도 사람마다 인성과 가치관이 다르기 때문이다. 따라서 직업이 아닌 직업적 '소명'이 당신을 말해줄 것이다. 그리고 그 직업의 가치가 빛나게 만든다. 장난감을 만드는 공장을 운영 중이라면, '아이들의 안전'을 위한 노력이 당신의 소명이 되어야 마땅하고, 거리를 청소하는 일을 하고 있다면, '청결'에 대한 책임이 당신의 소명이 되어야 마땅하다. 직업적 소명이 바람직해야 바른 행동을 할 수 있고, 방황의 순간에 옳은 결정을 할 수 있다. 눈앞의 수익을 위해 불량한 재료를 사용하고, 책임감 없이 마무리하고 있다면 직업은 이미 무가

치한 상태에 빠진 것이다.

　나는 학생을 가르친다. '선생님'이라 불리지만 정말 '선생'인지는 모르겠다. '선생'은 학습 지도뿐만 아니라 인성, 태도 등 전반적인 부분에 관여하는 스승이라는 뜻이 강하다. 그래서 존경을 담아 '님'을 붙여 부른다. 선생님의 역할은 중요하기 때문에 존중의 의미가 담겨 있는 것이다. 반면에 '강사'는 알게 하도록 돕는다는 뜻이 강하다. 보통 사교육 지도를 담당하는 선생님을 '강사'라고 부른다. 쉽게 말해 강사는 단순히 지식을 가르치고 습득하는 것을 돕는 역할이라는 의미가 크다. 그럼 정확하게 말해 나는 '원장'을 겸하는 '강사'이다. 하지만 어떻게 정의 내리든 내가 학생을 가르친다는 사실은 크게 달라지지 않는다. 하지만 사전적으로, 속세의 통념으로 '강사'라는 단어에 도구적인 이미지가 강하다고 해서 딱 그만큼만 행동하지는 않는다. 위에서도 말했듯이 나의 일에 가치를 부여하는 것은 오로지 '나'만 할 수 있기 때문이다.

　내가 어린 시절 다녔던 학원의 미술 선생님, 수학 선생님은 아직도 머릿속에 선명하다. 미술과 수학에 좋은 감정을 남겨주신 아주 귀한 분들이시다. 돌이켜보면 대단히 친밀한 관계를 형성한 것도 아니었다. 그저 편안히 그것을 내게 가르쳐 주신 덕분에 지금까지 기억에 남아 있다. 그리고 피아노 선생님 역시 잊을 수 없다. 그분은 항상 화가 나 있었다. 웃을 때도 있었지만 그 모습은 무척 희미하다. 좋은 기억을 남기지 못했다는 뜻이다. 그 외에도 꽤 많은 학교 선생님들이 기억 속에 다양하게 자리 잡고 계신다.

그래서 과거의 경험을 토대로 결정한 나의 강사로서의 소명은 '좋은 대화를 나눌 어른'이다. 아이들은 좋은 어른을 만났을 때 많은 이익을 얻을 수 있다. 그래서 열 살 시절의 미술 선생님이 여전히 생각나듯이 내가 학생들과 나눈 몇 마디의 말들이 긍정적이고 편안한 기억으로 남길 바라고 있다. 좋은 영향을 끼쳤다면 더없이 좋겠다고 욕심부린 생각을 하기도 한다. 다행스럽게도 대화할 기회가 끝없이 주어지는 수업을 하고 있고, 아이들과 많은 생각을 주고받고 있다. 지식을 주입 시키는 것이 아니라 아이의 생각을 들어줄 수 있다는 것은 정말 복된 일이다. 그렇게 직업적 소명대로 '좋은 대화를 나눌 어른'이 되어가고 있다.

이렇듯 자신이 결정한 소명대로 직업적 성취를 이룬다면 당사자에게도 크나큰 안정과 만족이 생긴다. 이것은 통장에 늘어나는 금전의 규모나 주변의 평가보다 더 큰 동기가 된다. 해냈다는 성취감은 오로지 내면에서 만들어진 기준으로 생성되는 감정이기 때문이다. 게다가 바람직한 소명이 흔들림 없이 지켜지면 미래가 나빠질 리 없다. 자신의 가치를 스스로 높이는 자는 그 누구도 굴복시킬 수 없는 법이다. 물론 선한 의도와 행동이 항상 최고의 결과를 낳지 않을지도 모른다. 생산량이 조금 줄어들지도 모르고, 나의 시간과 노력이 크게 소모될 수도 있다. 하지만 정직한 행동과 생각은 자신의 직업을 당당하게 만들고 오래 끌고 갈 힘을 준다는 것을 장담한다. 역사적으로 많은 인물이 그러했고, 현재 존경받는 유명인들이 보여주고 있다. 정정당당한 방식과 올바른 소명은 결국 당신의 모든 강점이 발휘되도록 도울 것이고, 유기체처럼 저절로 명성이 널리 퍼져나가도록 이끌어 줄 것이다.

5. 정답이 아니라 가치를 교육합니다 - 형주연

"같이의 가치를 아시나요?"

세상 모든 일엔 정답이 없다. 어떤 사람이 학원을 해야 하는가 하고 묻는다면 '학원의 주인은 누구다' 라는 정답도 없다. 나의 첫 번째 연구소 이름이 창가 입시 연구소였는데 가치를 창조한다는 뜻이었다. 각자가 가진 가치가 분명 존재하고, 그 사람(학생)마다 가지고 있는 가치를 끌어내 주겠다는 의미였다. 학원의 시작도 '내가 문과 전공자니까 국어, 영어 학원을 해야지, 내가 이과 전공했으니까 수학, 과학 학원을 해야지.' 가 아닌 '내가 이 공간에서 아이들과 어떤 가치를 창조해 내고 숨은 가치를 끌어낼 수 있을까?' 그게 가장 먼저였으면 한다. 학원 안에서 가치 있는 일을 할 수 있다면 굳이 딱 어떤 한 과목으로 정할 필요가 없다. 나는 학원에서 해물파전도 부쳐봤고, 학원생이 다쳤다고 하면 병문안도 가봤으며, 등원이 힘들면 가정방문 교사도 했다. 학생들이 다니는 학교에 부모님 대신 학부모 상담도 갔던 나는 아이들과 하는 모든 일에 가치를 두고 살았다. 그래서 '같이' 의 가치를 믿고 운영했다.

그 안에 아이들 일이 아니라면 아가씨 원장이었던 내가 아이들을 위해 요리할 일이 무엇이고, 공교육도 아닌 사교육을 하는 원장이 가정방문이 웬 말이며, 바쁘신 학부모님들 대신해 이모 역할을 할 리 있었을까? 내가 아이들과 함께 꺼낼 수 있는 가치는 학원 내에서 총동원해 내는 것이다. 그게 원장이 추구해야 하는 가치가 아닐까? 어디까지가 내 일이고, 여기까지가 학원 일이며, '이만큼만 하면 됐지?' 라는 정답만 추구하는 마음으로 학원을 계속 운영하기란 쉽지 않을 것이다. 정답이 정해졌다는 건 그 끝의 성공 크기도 정해졌다는 거다. 사실 그렇게 정답만 고수한다면 진짜 정답을 찾기도 전에 오답 노트만 잔뜩 채우다 끝날 수도 있다. 그렇게 모든 일에 정답만을 추구하고 맞춰야 한다는 건 가치를 끌어내는 작업보다 에너지 소비가 클 것이다. 그 큰 에너지를 차라리 학생들의 가치를 찾는데 쏟자.

얼마 전 아들이 학교에서 친하지 않은 친구한테 맞았다. 아빠 왈 "맞고 있었어? 너도 때렸어야지." 정답이었을까? 아들은 "엄마가 폭력은 죽어도 안된다고" 했던 생각이 순간 자기도 때리려고 다리를 올렸지만 내려놨다고 했다. 아차 싶었다. 뭐가 정답이지? 마음이 속상한 것과 아들이 배운 대로 지켜준 것에 대한 괴리는 분명 있었다. 하지만 그 사건을 통해서 우리 가족은 참 많은 것을 배웠다. 아들도 말실수로 그 친구를 자극한 것이라 말조심에 대해서 뼈저리게 느꼈고, 3살부터 여자는 '돈 터치, 사람은 꽃으로도 때리지 마라!' 라는 조기교육이 통했다는 것과 아들의 대처가 가치 있었다는 것이다. 우리 부부는 그날 일로 서로 처음 당해본 이러한 사건에 대해 충분히 얘기할 기회가 되었다는 감사함으로 마무리 지었다. 저런 일에 대한 정답은 누가 정하는 걸까? 정답은 못 찾았어도 아들의 경험치에 대한 가치를 매길 수 있었다.

학원에서 첫 번째 희로애락은 선생님들과의 관계다. 요즘 MZ 세대들은 마음보다 돈을 선호한다고들 하는데, 그 부분은 진짜 답이 없다. 과연 그럴까? 정답일까? 마음으로 다가가면 돈을 더 선호하는 강사가 있고, 돈으로 보상하려 했더니 자기는 돈 때문에 열심히 한 거 아니라고 한다. 시간적 여유를 두고 근무 시간을 정하면 더 많이 일해서 더 많이 벌고 싶다고 하고, 급여에 집중하자고 하면 일과 삶의 균형을 찾겠다고 한다. 그렇게 수많은 시행착오 끝에 찾아낸 선생님들과의 관계성 비결 또한 가치다. 그들이 자신만의 가치를 어디에 두느냐에 함께 집중해 주고 함께 소통하는 것이다. 본인들도 정답을 모르고 사는 인생들도 있기 때문에 자신들의 가치를 어디에 두는지 끊임없이 서로 관심을 갖고 대화하고 알아차리는 과정이 매우 소중하다. 나는 선생님들과 회식을 할 때 주로 집에서 음식을 직접 해가는데, 이것도 너무 좋아하는 선생님이 있는가 하면 배달 음식을 선호하는 선생님도 있다. 그 적절함을 알아차리는 것, 앞서 말했듯이 선생님들의 생일을 챙겨줌에 있어 케이크 하나도 떡 케이크를 좋아하는지, 생크림 케이크를 좋아하는지 원하는 걸 알아본 후 산다. 케이크 선호도 같은 사소한 것부터 크게는 선생님들이 개인 성과보수를 좋아하는지, 팀 성과보수를 좋아하는지, 특강으로 여름을 불태우고 싶은지, 여름에는 자신만의 시간을 더 갖고 싶은지 알아내는 것도 가치 있는 작업이다. 그들의 가치를 찾아내는 것이, 그 순위를 알아내는 것이 우리들의 가치이자 정답인 셈이다. 어떤 사업가가 돈만 가지고 잘나간다고 소문난 학원장을 섭외해서 500명이라는 학원생 수를 목표로 놓고 학원을 시작했다. 6개월도 안돼서 실패했다. 정답을 갖고 시작했어도 실패할 수 있다는 것이다. 정답이라고 정했어도 사람의 가치, 교육의 가치에 투자하지 않는다면 세상에 나온 정답지도 오답이 되는 곳이 바로 가치를 창조하는 곳, 학원이라는 업계다.

나만의 가치를 정확하게 아는 것은 정말 즐거운 가치 여행이다. 신혼 때 아파트 청약 당첨이 되었는데 학원과 꽤나 먼 곳이였다. 당시 첫째를 임신하고 있던 나는 내 아이의 주양육자가 되기를 원했고 학원과 같은 건물에 상주할 것과 작은 오피스텔들을 택했다. 물론 남편과 양가 부모님 주위 사람들은 아파트 입주와 주 양육자로 양가 부모님+도우미분을 원했었다. 결국 강한 엄마의 마음으로 정한 가치가 세상이 정한 정답을 이겼다. 정서적 안정과 교감으로 성장한 아이들은 가끔 늦은 퇴근을 할 때면 저녁을 차려놓고 기다리는 중학생 아들로 성장 중이고 지친 하루라고 말하면 "꼭 안아줄게, 빨리와! 엄마"라고 말해주곤 한다. 집값 상승대비 얻은게 훨씬 많았다. 오히려 지금은 아파트값은 하락했고 우리 4가족은 서울 한복판에 내집 뿐만 아니라 각자 오피스텔 하나씩은 장만 한 셈이다. 무엇이 정답일까? 아파트

한 채에 모든 걸 걸고 출,퇴근에 수 많은 시간을 소비하며 아이들에게 장시간 부재중인 부모고 싶지 않았었다. 항상 곁에서 가까이 있고 언제든 손 닿을 수 있고, 사랑 듬뿍 주며 손수 밥해 먹이며 키우는 일하는 엄마, 아빠가 더 좋겠다는 가치를 1순위로 정하고 살아왔다. 그렇다고 내가 정한 가치의 순위가 나만의 순위이지 모두의 정답도 아니니 오해하지 마시길...... 말 그대로 나만의 가치다. 아직은 손편지가 더 좋고, 10만원 짜리 상품권보다 1-2만원 짜리 라도 소중한 자신만의 시간을 보내며 나를 위해 골라주는 선물이 더 좋은 나만의 가치다. 정답이 아닌.

수학자들은 1+1=2라고 정해놓고 세상만사가 딱 떨어지는 정답지가 있다고 말할지 모르겠지만, 1+1=3도 될 수 있고, 4도 될 수 있다고 믿는 나는 여럿의 가치에 가치를 두고 산다. 그래도 되는 세상에 내가 살고 있다. 학원이라는 장은 무엇을 어떻게 하든 아이들을 위한 것이라면 정답, 오답을 찾기보다 학생들에게 가치가 있는지 없는지를 따져보고, 그럴 수만 있다면 밀고 나갈 수 있다고 생각한다. 세상이 학원 안에 작게 들어와 있다고 믿고 일하는 나는 어디서든, 누구에게서든 가치를 끌어내는 사람이다. 그걸 학원에서 하고 있다. 자기만의 가치가 분명히 드러난 정답을 스스로 찾아낼 수 있도록 돕는 것을 하고 있다. 가치가 우선이라고 말하면서 말이다. 그리고 정답이 아니면 어때… … 너 만의 가치가 있는데.......

6. 자신의 자리에서 최고가 되길 - 이혜령

내 학원은 내가 그리고 있는 모습으로 흘러가고 있는가? 누구나 학원 운영을 처음 시작하면서 바라는 모습이 있었을 것이다. '몇 년 후 내 학원은 어떻게 성장했으면 좋겠다.' 라는 목표가 있었을 것이다. 지금은 어떠한가? 내가 원하던 그 모습으로 비슷하게 흘러가고 있는지, 처음 학원을 시작했을 때 그리던 모습을 떠올려보자. 내가 처음 학원을 시작하면서 그렸던 모습은 아이들 모두 즐겁게 다니는 학원이었다. 물론 많은 아이가 오고, 대기 명단을 작성하는 학원을 생각했다. 하지만 막상 경영을 시작하고 보니, 모든 사람의 기대를 만족시켜 줄 수 없다는 것을 깨달았다. 나뿐만 아니라 많은 원장님들이 경험했을 것이다. 교육자로서 그리는 학원의 가치와 현실적인 운영 사이의 괴리감이다. 한 번쯤은 멈춰서 내가 가는 방향, 그리고 학원이 가고 있는 방향을 생각해 볼 필요가 있다. 지금 이대로 흘러간다면 앞으로는 어떻게 될 것인가?

처음 학원을 시작하면서 가졌던 모습에는 나의 운영원칙, 나의 신념과 가치관이 담겨 있다.

내가 생각한 학원의 모습은 아이들이 오고 싶어하는 학원이다. 입소문을 통한 학원의 번창과 엄마와 아이들 모두 만족하는 즐거움이 가득한 모습이었다. 또한 아이들에게 공부를 왜 해야 하는지, 또 꿈을 왜 꾸어야 하는지 등 동기를 유발할 수 있는 학원으로 성장하기를 바랐다. 하지만 학원이 그 방향대로 흘러가지 않자 나도 조급함에 방향을 바꿔보려고 했다.

방향을 바꾸고 수개월이 지나면서 뭔가 잘못된 점이 있다는 것을 깨달았다. 그리고 내가 처음 시작했을 때, 진짜 원하던 모습을 생각해 봤다. 처음 내가 학원을 개원할 때의 모습 속에는 내가 진짜 원하던 나의 모습, 그리고 내 학원의 모습이 모두 담겨 있었다. 그리고 앞으로 바른 방향으로 가기 위해서는 무엇을 해야 좋을지에 대해 생각했다. 그렇게 나의 학원 운영, 그리고 나의 원칙과 철학을 정했다.

첫째, 독서를 해라. 독서를 한다는 것은 공부한다는 것이다. 매일매일은 아니더라도, 책을 항상 손에 들고 있는 습관을 지니는 것이다. 책을 읽는다는 것은 공부한다는 것이다. 공부한다는 것은 내가 매일 어제의 나보다 나아지겠다는 나의 결심과 같은 것이다. 비록 매일 나아지지는 않더라도, 매일 책을 읽으며 공부를 하겠다는 의지가 있는 것 자체가 큰 의미일 수 있다. 그리고 우리는 거인을 키우는 학원을 운영하는 사람들이지 않은가? 내가 공부를 하지 않고 기존의 것만 가지고 있는 사람이라면, 어찌 학생들에게 무언가를 가르치는 데 있어서 당당해질 수 있을까? 그래서 책을 더 많이 읽어야 하고, 내가 매일 새로워짐을 행함으로써 그 경험을 학생들에게 얘기할 수 있어야 한다.

둘째, 지금 하는 일을 즐겨라. 지금 하는 일에 즐거울 수 있는가? 나는 이것이 학원이 성장하는 데 있어서 정말 중요하다고 생각한다. 즐겁다는 것은 기분 좋게 한다는 것이다. 일하는 데 신이 난다는 것이다. 내가 즐겁지 않으면 일하는 것이 싫어지고, 미루게 된다. 나는 그 과정을 즐기고 있는가를 바라봐야 한다. 내가 즐기는 방법을 모른다면 다른 사람에게 즐기라고 말할 수 없다. 즐겁게 해야 하는 일이 나를 옥죄는 족쇄가 된다. 그리고 그 모습은 말투와 행동으로 옮겨간다. 내가 얘기하지 않아도 같이 일하는 선생님들이 알고, 학부모님들이 알고, 원생들이 안다. 생각은 아무리 나 혼자 가지고 있으려고 해도 감정을 통해 다른 사람에게 전달된다. 숨길 수 있는 것은 뱃살 빼면 아무것도 없다. 즐거워하지 않는 사람, 일이 곤욕인 사람에게 자신의 아이를 맡길 사람은 없다. 하지만 내가 일을 즐기는 사람, 지금 하는 일이 의미 있고, 내일이 기다려지는 사람에게는 자연히 사람이 몰리게 된다. 선생님이 좋아하고, 아이가 좋아하고, 학부모가 좋아하는 그런 사람, 그런 학원이 될 것이다.

셋째, 매일 새로운 것에 도전해라. 나는 거의 매월 새로운 일에 도전하고 있다. 그러다 보니 자연히 자격증은 80개가 넘었고, 학원을 운영하는 일 외에도 다양한 일을 하고 있으며, 다양한 분야의 사람과 교류를 하고 있다. 그 안에서 새로움이 창출되고, 새로운 일이 만들어진다. 그리고 다시 새로 무언가를 배우는 선순환이 이루어진다. 그렇게 매일 새로워지고, 매일 달라진다. 다양한 사람을 만나 함께하지만, 기반은 학원 경영이다.

스티브 잡스는 하루의 생각 중 90%를 일에 몰두했다고 한다. 식사하는 도중에 맛있는 음식을 마케팅 관점으로 바라보고 활용했다는 일화도 있다. 스티브 잡스만큼은 아니지만, 신문을 보다 눈에 띄는 것이 있으면, 우리 학원에 적용할 점은 없는지 깊이 고민해 본다. 다양한 사람과 함께하며 얻는 아이디어 역시 모두 학원에 적용하게 된다. 매일 같은 일을 해도 하루하루 조금씩 스스로에게 도전을 한다.

자신의 자리에서 최고가 되는 길은 매일 성장하는 것이다. 매일 조금씩 어제보다 나은 내가 되어가는 것이다. 어제에 묶여 있지 않는 것이다. 잊을 건 잊고 포기할 건 포기하는 것이다. 그리고 그 포기한 자리에 새로운 것, 새로운 사람을 들여다 놓는 것이다. 포기하지 않으면 새로운 그 어떤 것도 얻을 수 없다. 그래서 새로움은 더하기로 시작하는 것이 아닌 빼기로 시작해야 한다.

전문분야가 넘쳐나는 요즘, 학원 경영인이라는 직업이 어떻게 하면 더 전문분야가 될 수 있는지 고민을 하게 된다. 자신의 능력을 발전시켜야 성장할 수 있는 요즘 시대, 학원 경영인은 혼자 능력을 갖춘다고 해서 절대로 성장할 수 없는 직업이다. 그래서 더 매력적이라고 생각한다. 21세기에 가장 중요한 '협력'이 필요하다. 학원에서 수업을 담당하는 강사, 원장 그리고 학부모님이 함께 조화를 이뤄서 삼박자가 잘 맞춰 돌아가야 가장 아름다운 모습의 학원 형태가 나온다. 학부모님의 믿음, 선생님의 케어, 원장의 서포터가 있어야 비로소 학원이 완성되어 가는 것이다. 이렇게 하나씩 나와 주변 사람을 성장시키는 이 직업이야말로 뜻깊은 직업이라 할 수 있다.

나의 자리에서 최고가 되려는 목표를 세우면 어떨까? 어떤 일이든 경쟁자는 많다. 보통의 경쟁은 할 수 있는 사람들의 경쟁이다. 하지만 정말 잘하는 사람은 얼마 되지 않는다. 정말 잘하는 사람은 할 수 있는 사람들의 경쟁에서 벗어날 수 있다. 정말 잘하는 사람의 경계선을 넘어서는 사람은 많지 않기 때문이다. 할 수 있는 것을 기본에 두고, 그 위에 더 쌓을 수 있는 목표를 정하는 것이다. 아주 작은 차이도 좋다. 작은 차이를 반복해서 만들면 언젠가는 큰 차이를 보일 것이기 때문이다. 지금보다 아주 작은 차이를 목표로 설정하고 그 차이에만 집중하며, 위의 세 가지를 반복하는 것이다. 책을 읽고, 도전하고, 과정을 즐긴다. 그렇게 잘하는 것에서 벗어나 임계점을 뚫고 정말 잘하는 사람이 되는 것이다. 그렇게 조금씩 작은 목표를 성취하게 되면 삶도 달라질 것이다. 그리고 어느 날 먼발치에서 지켜보고 있었던 지나가던 어떤 신이 당신의 수호천사가 되어 줄 것이다. 당신의 모든 것을 도와주고 평생 지켜줄 것이다. 그리고 당신은 사람들에게 귀인이 될 것이다. 할 수 있는 사람이 되려 하지 말고, 정말 잘하는 사람을 꿈꾸자. 최고가 되어 세상에 감동을 선사하자.

[허필선]

누군가를 가르친다는 것은 정말 어렵다. 가르치는 것 자체가 어려운 것이 아니라, 가르침으로 인해 한 사람의 미래가 변할 수 있어서 어렵다. 나의 말 한마디, 행동 하나에 더욱 조심스러울 수밖에 없다. 그만큼 자신을 더 돌아보게 되고, 더 많이 공부하게 된다. 1시간의 강의를 위해서 몇 배의 조사와 연구를 해야 하고, 효과적인 전달 방법을 찾아야 한다. 하지만 그 과정에서 함께 성장해 나가는 이런 모습이 우리가 하는 일의 매력적이기도 하다. 그리고 '감사합니다.' 라는 한마디가 가장 큰 보상이다.

[형주연]

'사교육이 어때서?' 라는 글을 쓰려고 꽤 오랜 기간 준비해 왔다. 하고 싶은 말이 너무 많아서인지 반대로 진전이 없던 요즘, 곁에서 의기투합된 다섯 원장님들과 함께 사교육 현장의 따뜻함을 그리고 싶어 이 글을 먼저 썼다. 이 글은 우리들의 지난날이 녹아 있고, 앞으로의 결심이 담긴 위풍당당 사교육 현장 스토리다. 한편으론 사교육계에 발을 내딛고자 하는 새내기 원장님들을 위한 가이드북이 되었으면 하는 마음으로 썼다. 새롭게 시작하는 분들께 우리들의 이 이야기가 작고 큰 도움이 될 거라 확신하면서 이 글을 마친다.

[이진선]

나는 평범한 사람이다. 그래서 더 나은 인간이 되고자 끊임없이 노력한다. 어떤 일에서 성공했는지 실패했는지보다는 실패했을 때 다시 일어설 힘이 있는지가 중요하다고 했다. 경영에 정답지는 없지만, 정답을 찾고자 하는 마음으로 나의 부족한 부분을 채워가며 경험과 지식을 쌓아왔다. 15년이라는 짧지 않은 시간 동안, 내가 학원 경영의 모든 노하우를 꿰뚫었다고 할 수는 없다. 하지만 그동안 겪었던 나의 경험들이 과거의 나처럼 힘든 시간을 겪고 있을 누군가에게 다시 시작할 시작점이 되길 바란다.

[정치민]

　　초보는 늘 힘이 듭니다. 하지만 모든 일이 그렇듯, 약간의 무리와 도전이 성장을 만들어 내겠지요. 열 몇 쪽의 원고로 그렇게 끙끙 앓은 것을 보고 전문 작가들이 웃을지도 모르겠습니다. 하지만 모든 노력과 정성은 소중한 것이기에 저 자신에게 당당하게 칭찬하겠습니다. 저의 글 어딘가에서 좋은 위로와 자극을 받은 사람이 한 명이라도 있다면 저의 고생은 참으로 빛이 나겠습니다. 그래서 어떤 선택 앞에서 망설이는 당신에게 용기 한 줌을 얹어 드릴 수 있다면 좋겠습니다.

[김만수]

　　처음 공저로 함께 글을 쓰자는 제안을 받았을 때 '과연 글을 쓸 수 있을까?'에 대한 의문과 '새로운 기회가 왔구나!'라는 느낌이 동시에 들었다. 기한이 촉박하게 주어진 탓에 정신없이 지나갔지만 즐거운 마음으로 내용을 정리하며 한 줄 한 줄 잉크를 채워 나갔다. 한 번쯤은 삶을 돌아보는 것이 생을 더욱 윤택하게 하고 성찰의 계기가 된다. 첫걸음에 버팀목이 되어 주셨던 다섯 분의 작가님과 입문에 아낌없는 도움을 주신 이은대 작가님께 진심으로 감사드린다.

[이혜령]

아이들이 옹알옹알 이야기를 하고 아장아장 걸음을 걷는 모든 것도 가르침이 없이 당연한 건 없습니다. 가르치는 일이 얼마나 중요한 책임이 따르는지 매 순간 체감을 합니다. 아이들의 꿈을 위해 일하시는 멋진 5명의 작가님들과 함께 작업할 수 있어서 영광이었습니다. 건강한 사교육을 위한 책으로 오랫동안 기억되길 바랍니다. 책을 쓰며 나의 학원과 아이들이 얼마나 소중한지 알 수 있었습니다. 소중한 경험을 할 수 있도록 한 모든 분들에게 감사의 말을 드립니다.

성장을 돕는 작은 학원 CEO 이야기
거인을 깨우는 사람들

초판인쇄	2022년 09월 20일
초판발행	2022년 09월 26일

자은이	김만수 · 이진선 · 이혜령
	정치민 · 허필선 · 형주연
발행인	조현수
펴낸곳	도서출판 프로방스
마케팅	최관호 · 최문섭
IT마케팅	조용재
교정 · 교열	이승득
디자인 디렉터	한태윤 HANDesign

ADD	경기도 고양시 일산동구 장백로 8 (백석동)
	넥스빌오피스텔 704호

전화	031-925-5366~7
팩스	031-925-5368
이메일	provence70@naver.com

등록번호	제2015-000135호
등록	2015년 06월 18일

정가 15,000원
ISBN 979-11-6480-244-9 03810